AF452687

INSTITUT DE FRANCE.

ACADÉMIE FRANÇAISE.

SÉANCE PUBLIQUE ANNUELLE

DU JEUDI 1ᵉʳ AOÛT 1878

PRÉSIDÉE

PAR M. J.-B. DUMAS

DIRECTEUR.

PARIS

TYPOGRAPHIE DE FIRMIN-DIDOT ET Cⁱᵉ

IMPRIMEURS DE L'INSTITUT DE FRANCE, RUE JACOB, 56

M DCCC LXXVIII

INSTITUT DE FRANCE.

ACADÉMIE FRANÇAISE.

—

SÉANCE PUBLIQUE ANNUELLE

DU JEUDI 1ᵉʳ AOÛT 1878

PRÉSIDÉE

PAR M. J.-B. DUMAS

DIRECTEUR.

—

ORDRE DES LECTURES.

1° Rapport du Secrétaire perpétuel sur les concours de l'année 1878.

2° Lecture de fragments des discours qui ont obtenu le prix d'éloquence.

3° Discours de M. le Directeur sur les prix de vertu.

ACADÉMIE FRANÇAISE.

SÉANCE PUBLIQUE ANNUELLE

DU JEUDI 1er AOÛT 1878.

RAPPORT

DU SECRÉTAIRE PERPÉTUEL DE L'ACADÉMIE

SUR LES CONCOURS DE L'ANNÉE 1878.

Messieurs,

Pour la troisième fois depuis vingt ans, la France a convié l'univers à l'un de ces Concours solennels que la voix éloquente de M. Villemain salua d'ici à deux reprises, en appelant la première de nos Expositions : la grande fête du travail humain ; puis, en glorifiant les merveilles des arts « réunies, disait-il en 1867, dans le forum de l'Europe et de l'Amérique, au milieu d'une capitale agrandie ».

Aujourd'hui, Messieurs, au milieu d'une capitale qu'on aurait tort de croire diminuée, quand elle a d'autant plus

l'ardeur de s'agrandir encore, souffrez qu'à notre tour
nous commencions par rendre hommage à cette nouvelle
grande fête du travail humain, dont la France abattue n'a
pas craint de rêver l'éclat, à ce tournoi magnifique et paci-
fique auquel, sans hésitation, accourant, de partout, au
premier appel et nous apportant leurs trésors, tous les
arts, toutes les industries ont voulu venir prendre part.
C'est leur honneur et c'est le nôtre !

Les concours dont j'ai maintenant à vous rendre compte
n'auraient pas, pour être modestes, besoin d'un si grand
contraste. La tâche délicate, sans gloire peut-être, mais
non sans douceur ni quelquefois sans amertume, d'accueillir
tant de travaux, d'en apprécier les mérites divers, et de
comparaître enfin devant vous, pour proclamer ses choix
et justifier ses préférences, est imposée chaque année à
l'Académie, qui s'en estime heureuse et fière.

Sa récompense, Messieurs, serait d'avoir souvent à couronner des livres d'une haute portée littéraire ; ceux-là
toujours étant pour elle les vrais ouvrages utiles aux
mœurs. Jamais, dans ce but, l'Académie ne cessera de faire
publiquement appel au talent et à la confiance des meilleurs écrivains dont, par un juste échange, elle aimerait à
honorer dignement les œuvres par de plus larges récompenses.

Cette bonne fortune, nous l'avons aujourd'hui, du
moins, pour le premier, le plus ancien de nos concours ;
pour celui qui, depuis plus de deux siècles, appelle annuellement l'Académie à décerner, tour à tour, un prix d'éloquence et un prix de poésie.

Ce n'est pas un prix d'éloquence ; mais deux prix d'éloquence, que, cette année, ont mérités et obtenus deux de
nos concurrents : deux prix entiers, qu'il nous eût été plus
facile d'accorder que d'acquitter, si un ministre secou-
rable ne nous eût tirés d'embarras, en doublant notre crédit spécial, et en nous permettant ainsi d'être doublement généreux et doublement équitables.

Après avoir mis successivement au concours des études
sur Voltaire, sur Rousseau et sur Montesquieu, l'Académie devait au XVIII' siècle, elle se devait à elle-même,
comme aux lettres et à la science, réunies et personnifiées
dans un seul homme, de proposer aussi pour l'un de ses
prix l'*éloge de Buffon*. Elle l'a fait, Messieurs, et rarement ses appels ont été plus entendus, rarement ses intentions ont été mieux comprises, rarement ses vœux mieux
exaucés.

Tandis que Linné lui-même avait fini par rendre justice
au grand rival dont le dédain superbe ne l'avait pas épar-
gné ; tandis que chez nous Cuvier, reconnaissant Buffon
pour son maître, s'était incliné devant ce qu'il appelait
ses idées de génie ; quelques savants plus modernes affec-
taient, au contraire, de le dédaigner à leur tour, et de le
reléguer parmi les simples littérateurs, en le rapprochant,
avec une malicieuse bonne grâce, les uns de Fontenelle, de
Bernardin de Saint-Pierre les autres.

Le moment était donc venu, à tous égards, de demander à de nouvelles études la vérité et la justice.

Dix-huit manuscrits nous ont été envoyés pour ce concours. Soumis d'abord à l'examen d'une commission, chacun d'eux a fini par être lu, en pleine séance, devant l'Aca-

démie, discuté et jugé par elle. A cette première épreuve, cinq discours avaient survécu ; trois seulement ont résisté à la seconde ; ils portaient les n°s 2, 3 et 14.

La supériorité incontestable des deux derniers ayant bientôt été reconnue, de longues discussions s'engagèrent à leur égard, sans que, en fin de compte, il fût possible de faire un choix entre des œuvres d'un caractère très-différent, mais qui, l'une et l'autre, se recommandaient par des mérites réels, dont leurs juges étaient également frappés. Le second (n° 14) rentrait bien dans les conditions du programme ; il se renfermait dans des bornes convenables et, en faisant une part suffisante à la science, son auteur se distinguait par un vrai mérite littéraire. Le premier (n° 3) dépassait visiblement les limites que l'Académie et la nature même du concours avaient prescrites aux concurrents ; c'était plus qu'un discours, sans doute ; mais, d'un bout à l'autre, le travail était trouvé excellent, et les qualités supérieures de cette longue étude semblaient devoir défendre l'auteur et l'ouvrage contre des observations très-justes, contre des reproches très-légitimes. L'Académie se demandait d'ailleurs, s'accusant volontiers elle-même pour excuser le coupable, si, en proposant l'éloge de Buffon, elle n'avait pas, en quelque sorte, amnistié d'avance ceux qui se laisseraient entraîner par l'ampleur, l'étendue et l'importance du sujet.

Dans cette situation, Messieurs, ne croyant pas juste de sacrifier aucun de ces discours et ne pouvant même admettre que l'un des deux fût subordonné à l'autre, l'Académie a été amenée à décider que deux prix égaux, de deux

mille francs chacun, étaient décernés par elle aux deux
discours portant les numéros 3 et 14, pour être proclamés
ex æquo, sans distinction ni préférence, dans l'ordre que
leur assignait leur rang d'inscription.

Le concours étant ainsi terminé, il ne restait plus,
qu'à procéder à l'ouverture des deux plis cachetés contenant les noms et les adresses des lauréats.

Si j'entre dans de pareils détails, c'est qu'une surprise
douloureuse allait bientôt émouvoir l'Académie et donner
trop raison au parti qu'elle venait de prendre.

Le discours inscrit sous le numéro 3 portait pour épigraphe :

Majestati naturæ par ingenium.

Et au-dessous :

Pendent opera interrupta.

Les travaux s'arrêtent interrompus!

Ce discours, à qui les plus sévères d'entre nous n'avaient
reproché que d'être trop long, n'était même pas destiné,
sans doute, à mériter ce reproche.

Sans avoir le temps de le revoir, de l'achever, de le per-
fectionner en l'abrégeant, son jeune auteur, M. Narcisse
Michaut, licencié en droit, docteur ès lettres, était mort à
Nancy, à l'âge de trente-deux ans !

Une simple note, d'autant plus touchante, signée par
son père et par sa mère, accompagnait cette déclaration
officielle.

Interprètes de l'enfant qu'ils viennent de perdre, ils ont,

disaient-ils, fait recopier son travail, interrompu par la maladie.

Pendent opera interrupta.

L'Académie a écrit à ce pauvre père et à cette pauvre mère, pour les prier tous deux de déposer en son nom, sur la tombe de leur malheureux fils, la couronne qu'elle lui décerne aujourd'hui.

Le discours inscrit sous le numéro 14 porte pour épigraphe :

*Obscura de re tam lucida pango
Carmina...*
(Lucrèce.)

Son auteur, à peine âgé de trente ans, est M. Félix Hémon, professeur de seconde au lycée de Rennes.

C'est encore au XVIIIe siècle que l'Académie emprunte un sujet pour le nouveau concours d'éloquence, dont le prix sera décerné par elle en 1880.

Buffon aujourd'hui, Rabelais hier, Bourdaloue et Vauban avant eux, Sully et Jean-Jacques Rousseau, ont, depuis dix ans, reçu ici d'éclatants hommages.

Pour varier, Messieurs, et sans qu'elle s'exagère à elle-même l'importance d'un écrivain aimable et aimé, l'Académie propose pour ce concours : l'*Eloge de Marivaux*.

Si, de 1720, à 1746, il composa plus de trente comédies, sans compter une tragédie qu'Annibal aurait plus que moi le droit de lui reprocher, Marivaux n'est guère connu de nos jours que par trois ou quatre de ses plus gracieuses

pièces qui, protégées contre l'oubli par le talent de quelques rares comédiennes, figurent encore, non sans honneur, à leur rang et à leur place, dans le répertoire élégant
du Théâtre-Français. Quant à ses romans, qu'on ne lit plus
qu'à peine, le souvenir même s'en est presque entièrement
effacé, mais leur premier succès fut prodigieux ; la France
et l'Angleterre y applaudirent des deux mains, avec une
sorte de rivalité d'enthousiasme, et, lorsque *Paméla* parut,
dix ans après *Marianne,* Marivaux fut comme soupçonné et
loué d'avoir inspiré Richardson : « Les romans de M. de
Marivaux, écrivait plus tard d'Alembert, supérieurs à ses
comédies par l'intérêt, par la situation, par le but moral
qu'il s'y propose, ont surtout le mérite, avec des défauts
que nous avouerons sans peine, de ne pas tourner,
comme ses pièces de théâtre, dans le cercle étroit d'un
amour déguisé ; mais d'offrir des peintures plus variées,
plus générales, plus dignes du pinceau du philosophe. »

C'est à tous les pinceaux comme à toutes les plumes, à
tous les philosophes comme à tous les écrivains, que l'Académie s'adresse à son tour, pour demander que, dans un
portrait définitif, justice soit rendue à l'auteur de *Marianne*
et à l'auteur des *Fausses Confidences,* au moraliste attendri
qui connaissait tous les sentiers du cœur humain, s'il n'en
savait pas la grande route, comme on le lui a reproché ; au
raffiné capricieux qui mettait de l'esprit partout, et qui, se
piquant de ne rien emprunter, ni aux vivants ni aux morts,
eut ce mérite de créer, pour son usage personnel, un genre
à part, qui a gardé son empreinte et son nom.

Je disais tout à l'heure que l'éloge de Buffon avait paru

exiger et, par conséquent, excuser des développements exceptionnels dont l'Académie a trop souvent lieu de regretter la longueur. Cette fois-ci, du moins, et sans offenser Marivaux, les concurrents vont avoir une belle occasion d'être courts.

Le conseil d'être courts que je donne ainsi volontiers aux autres, je ne manque pas, croyez-le bien, Messieurs, de me le donner d'abord à moi-même. Mais comment le suivre, quand le nombre des ouvrages envoyés à nos concours, s'augmente encore chaque année, quand jamais n'a été plus considérable le nombre des livres que l'Académie a généreusement réservés, beaucoup pour des encouragements et quelques-uns pour des couronnes?

Le grand prix Gobert est décerné à M. Chantelauze pour son ouvrage sur *le Cardinal de Retz et l'affaire du chapeau*.

Dans votre intérêt, Messieurs, et dans le mien, je voudrais pouvoir reproduire entièrement devant vous l'excellent rapport que fit à ce sujet devant l'Académie un de nos meilleurs confrères, un des plus savants historiens de la Restauration.

L'affaire du chapeau, disait-il, n'est en réalité, dans cet ouvrage, qu'un épisode, important sans doute, mais d'une importance secondaire, dans lequel le cardinal de Retz joua un rôle si considérable ; on peut dire, le premier rôle. Après tant de mémoires où cette histoire nous a été racontée, après ceux du cardinal de Retz surtout, qui y confesse ses fautes, ses erreurs et ses mécomptes, avec l'abandon d'une entière franchise, on pourrait se croire en

possession de la vérité tout entière sur cette singulière
époque. Grâce aux documents inédits que M. Chantelauze
est parvenu à se procurer et qu'il a mis en œuvre avec
beaucoup d'habileté, nous savons maintenant qu'il nous
restait encore quelque chose à apprendre; nous savons
que les confessions du cardinal sont loin d'être complètes
et qu'en beaucoup de points il a dénaturé les faits, à son
avantage, cela va sans se dire, et au préjudice de ses adver-
saires. Malgré l'admiration que lui inspiraient, à juste titre,
le courage, l'énergie, l'éloquence, le profond esprit politique de son héros, toutes ces grandes et rares qualités
auxquelles Bossuet lui-même a rendu hommage, M. Chantelauze ne s'en laisse pas éblouir au point de croire qu'elles
puissent tout excuser, justifier tout encore moins.

Partout alors, à Rome comme à Paris, la politique ne con-
sistait guère qu'en une série d'intrigues compliquées dans
lesquelles le lecteur se perdrait si elles ne lui étaient exposées tout à la fois d'une façon claire et rapide; à ce point
de vue, le livre de M. Chantelauze ne laisse rien à désirer.
Son style n'a pas la gravité soutenue de l'histoire proprement dite et ne cherche pas à l'avoir; le style simple,
facile et animé des mémoires convenant par-dessus tout
au récit d'événements, frivoles en eux-mêmes, si parfois ils
furent sérieux dans leurs conséquences.

M. Chantelauze se propose de raconter encore, à l'aide
de nouveaux documents, la lutte que le cardinal de Retz
soutint pendant sept années, dans la prison et dans l'exil,
après l'extinction de la Fronde, contre Mazarin; et les
missions importantes dont Louis XIV le chargea plus tard
auprès du Saint-Siège. Cette seconde partie n'aura sans

doute pas moins d'intérêt que la première et l'Académie, qui eût hésité, peut-être, à décerner la plus haute de ses récompenses à un travail inachevé, entend bien l'appliquer d'avance à l'ensemble, à la totalité de l'œuvre. M. Chantelauze est un bon débiteur ; on lui fait volontiers crédit.

L'histoire d'une famille écrite avec indépendance, en dehors des influences intéressées à en exagérer les proportions, peut donner, sur l'état des mœurs et de la vie domestique aux différentes époques, des informations détaillées qu'on attend moins des histoires générales. N'étant pas tenus de dire tout, les écrivains peuvent choisir et, en s'attachant à mettre en relief les figures vraiment saillantes, faire une moindre part aux personnages effacés qui ne demandent qu'à rester dans l'ombre.

M. Pingaud l'a compris de la sorte et l'a ainsi pratiqué dans son livre sur les Saulx-Tavannes.

C'est au grand homme de la maison de Saulx, à celui qui l'a rendue illustre, au maréchal de Tavannes enfin, qu'il a consacré la plus grande partie de son travail et la meilleure. Bien qu'elle eût la prétention fabuleuse de remonter au-delà du second siècle de notre ère, la maison de Tavannes n'avait figuré jusqu'alors qu'à la cour des ducs de Bourgogne. Cette province venant d'être réunie à la couronne, Gaspard de Saulx s'attacha aux rois de France et servit glorieusement François Ier et Henri II, avant de prendre part aux guerres civiles qui désolèrent le pays, sous le règne de Charles IX. Il gagna des batailles dans un temps où on en livrait peu, bien qu'on se battît beaucoup. C'était un représentant du moyen âge, attardé au milieu d'une génération nouvelle plus policée, plus polie

au moins, sans qu'elle eût cessé d'être cruelle et corrom-
pue. Il avait l'énergie, la vigueur, la rudesse des chevaliers
du xiv⁴ et du xv⁴ siècle, aimant comme eux la guerre, pour
le plaisir qu'y trouvait son esprit dépourvu de toute culture, pour le pillage aussi et pour le butin surtout, épargnant peu le sang des vaincus et n'épargnant jamais le
sien.

Deux de ses fils, Guillaume et Jean, l'un ami fervent
d'Henri IV, l'autre ardent ami de Mayenne, luttèrent
ensemble pendant trois ans de suite, royaliste contre
ligueur, et méritèrent tous deux de rester célèbres, non à
côté, mais au-dessous du vainqueur de Jarnac et de Mont-
contour dont ils ont écrit la glorieuse histoire dans des
notices distinctes, dans des mémoires que le temps a res-
pectés et consacrés.

Après ce père, après ces fils, la maison de Saulx-Tavannes,
puissante encore et honorée, allait voir son éclat s'affaiblir
sous les règnes de Louis XIV et de Louis XV, pour s'éteindre entièrement de nos jours, dans des circonstances sinis-
tres que M. Pingaud a eu le bon goût de ne pas rappeler.

A ce livre plein d'intérêt et dont le style est à la fois élégant et correct, l'Académie décerne le second prix Gobert.

Fondé en faveur des meilleurs travaux historiques, le
prix Thérouanne était disputé cette fois par de nombreux
concurrents, parmi lesquels l'Académie a distingué surtout
un ouvrage en deux volumes, intitulé : *les Ducs de Guise et
leur époque*, dont l'auteur est M. H. Forneron.

La moitié du prix Thérouanne est attribuée à ce livre.

L'autre moitié est partagée, à titre égal, entre M. Debi-

dour, pour son ouvrage sur *la Fronde angevine*, et **M. A.**
Luchaire, pour un livre intitulé : *Alain le Grand*.

Comme M. Pingaud pour les Saulx-Tavannes, c'est en
quelque sorte la monographie d'une famille que M. Forneron a faite pour les ducs de Guise ; mais le rôle de la
maison de Guise est si grand, son importance si considérable que l'auteur a pu, tout naturellement, donner à son
ouvrage un second titre : *Étude sur le seizième siècle.*

Le XVIe siècle, en effet, est retracé là tout entier, dans
ses institutions, dans ses mœurs, dans les grands caractères
qui l'ont illustré. Rien d'essentiel n'y est omis. Des anecdotes bien choisies, des détails caractéristiques et des cita-
tions heureuses y répandent la vie, le mouvement et l'intérêt.

Les trois grands ducs de Guise : Claude, habile, prudent,
circonspect, qui a préparé la grandeur de sa maison ;
François, le héros de Metz, de Calais, de Dreux, qui a
fondé et justifié cette grandeur par d'immenses services
rendus au pays, ambitieux sans doute, mais avec mesure,
et aussi vertueux qu'il était possible de l'être dans ce siècle
pervers ; Henri enfin, le brillant aventurier, l'ambitieux
sans scrupule, ne reculant devant rien de ce qui pouvait
servir ses desseins et ses passions, employant des talents
merveilleux et une popularité sans égale à des entreprises
criminelles, dont une entreprise, criminelle aussi, devait
seule arrêter le cours ; ces trois personnages sont admira-
blement peints par M. Forneron. J'en dois dire autant des
portraits de Catherine de Médicis, de Charles IX, de
Henri III et de l'amiral de Coligny. Fatigué peut-être vers
la fin de son travail, l'auteur en a un peu pressé le dé-
noûment. Quelques pages de plus auraient mieux fait con-

naître le duc de Mayenne, trop effacé dans l'histoire par l'éclatante renommée de son père et de son frère.

La Fronde angevine, de M. Debidour, prouve une fois de plus que les troubles qui agitèrent la France pendant la minorité de Louis XIV eurent des causes très-diverses et en partie contradictoires. Ce qui distingue surtout le mouvement angevin, c'est qu'au lieu d'avoir été fomenté, comme à Paris et à Bordeaux, par la magistrature, à Angers il fut combattu par elle. La ville d'Angers était depuis deux siècles en possession de libertés très-étendues ; cependant la haute bourgeoisie et la magistrature étaient parvenues à s'emparer, à peu près exclusivement, des fonctions municipales et des droits électoraux, usant de leur pouvoir pour s'assurer à elles-mêmes tous les avantages et pour s'exonérer de toutes les charges en les faisant peser sur les classes pauvres. C'est contre ces abus, bien plus que contre l'autorité royale, que furent dirigées pendant la Fronde les révoltes de la population angevine, et, par une conséquence naturelle, la magistrature, partout ailleurs hostile au ministère, fit à Angers cause commune avec lui pour réprimer les mouvements populaires. Par suite de ces funestes divisions, dit M. Debidour, la ville perdit ses libertés et tomba, pour plus d'un siècle, dans la dépendance absolue du pouvoir ministériel. La monarchie, ajoute-t-il, profita-t-elle au moins de ce long espace de temps pour procurer aux Angevins les avantages qu'ils n'avaient pas su se donner ? Leur fit-elle oublier, à force de bienfaits, leurs immunités perdues et leurs droits confisqués ? L'état dans lequel les choses se trouvaient en 1789 prouve qu'elle n'avait pas su accomplir cette tâche.

Ces réflexions, textuellement empruntées à l'ouvrage de M. Debidour, sont en quelque sorte le résumé, la morale des faits exposés par lui, avec beaucoup de jugement et d'impartialité, dans un récit simple, clair et constamment plein d'intérêt.

En racontant, de son côté, la vie d'*Alain le Grand,* sire d'Albret, M. Luchaire semble avoir dressé l'acte de décès de la féodalité. A la fin du XVᵉ siècle, les grandes dynasties princières qui, lors de l'avénement de la royauté capétienne, se partageaient le sol de la France, et dont quelques-unes étaient plus puissantes que cette royauté elle-même, avaient disparu depuis plus de deux cents ans. Une partie de leurs vastes domaines avait été réunie à la couronne ; le reste concédé aux branches apanagées de la famille royale, qui n'avaient pas tardé à s'éteindre. Il ne restait plus guère, de cette seconde lignée de grands feudataires, que le duc de Bourbon, et le moment n'était pas éloigné où, par l'effet de sa trahison, ses États devaient aussi se confondre dans le domaine royal ; bientôt enfin, la royauté allait acquérir une force qui laisserait à peine à ses vassaux les plus considérables quelques restes insignifiants de leur ancienne puissance.

Le tableau de la lutte dernière, si dramatique et si émouvante, de la féodalité contre la royauté absolue, puissamment secondée par l'action judiciaire, fait le grand intérêt du livre de M. Luchaire, qui en retrace les incidents compliqués avec beaucoup de lucidité et une connaissance parfaite de la matière.

Le souvenir de M. Guizot est toujours si présent parmi

nous, si vivant encore, si cher et si honoré, qu'au moment
de proclamer le prix qui porte son nom, j'hésite, en vérité,
comme retenu par l'émotion et le respect.

Le prix Guizot, Messieurs, l'Académie l'attribue à une
Histoire de Montesquieu, dont l'auteur est M. Louis Vian,
avocat à la cour d'appel de Paris.

Ce n'est pas, après tant d'autres, une nouvelle étude critique et philosophique sur les œuvres de Montesquieu que
M. Vian a voulu faire ; c'est l'écrivain, c'est l'homme lui-
même qu'il a particulièrement étudié et qu'il nous fait bien
connaître dans une biographie très-intéressante, pleine de
détails neufs, curieux et instructifs, notamment sur les
voyages du grand Président, sur ses habitudes et ses rela-
tions de société.

« On ne saurait trop encourager ces études biogra-
phiques, qui rajeunissent de grandes figures trop délaissées
et qui réveillent l'admiration et la reconnaissance. »

J'emprunte avec plaisir cette phrase à la préface dont
notre éminent confrère M. Édouard Laboulaye a orné
l'ouvrage de M. Vian. L'observation était juste, le conseil
était bon ; l'Académie a tenu compte de l'une et de l'autre ;
mais, en aimant à encourager cette étude biographique
qui rajeunit une grande figure, elle n'a pas laissé que de
faire certaines réserves, et elle recommande surtout au
jeune auteur de revoir avec soin, pour une édition nouvelle, ses deux chapitres sur les prédécesseurs de Montesquieu.

Le temps me manque, mais le courage semblerait me
manquer plus encore si je m'arrêtais sans faire part à
M. Vian d'un scrupule qui m'est personnel. L'ardeur de

son dévouement ne l'entraîne-t-elle pas jusqu'à l'injustice, quand il accuse les descendants actuels de Montesquieu de confisquer entre leurs mains, et au détriment du public, ce qu'ils possèdent de la correspondance et des manuscrits inédits de leur illustre aïeul ? Je tiens d'eux, au contraire, que bientôt tout ce qui pourra contribuer à honorer cette grande mémoire et à enrichir le trésor des lettres françaises, sera publié par leurs soins. J'en prends acte et, heureux qu'il en soit ainsi, je l'annonce avec plaisir à ceux qui, comme nous et comme M. Vian, l'espèrent, le désirent et le demandent.

C'est au bruit des clairons, des tambours et des trompettes, que je voudrais pouvoir proclamer le prix Halphen ; l'Académie l'ayant décerné à un général pour quatre gros volumes contenant l'histoire de deux généraux, et cela, sur la proposition d'un quatrième général qui s'y connaît et que vous y reconnaîtriez bien vite, s'il m'était permis de reproduire ici, dans leur entier, les termes mêmes de son excellent rapport.

Les Parisiens qui ont assisté aux revues de la garnison de 1830 à 1840, se rappellent la haute taille, la fière tournure à cheval, la belle et imposante figure du général commandant la première division militaire.

C'était le général Pajol.

Pendant de longues années, il avait pris une part brillante à toutes les campagnes de la Révolution et de l'Empire. Parti du dernier échelon, il avait monté, comme tant d'autres, pour ne s'arrêter qu'au sommet.

Cette histoire, qui méritait que le souvenir n'en fût pas

perdu, est racontée en détail, avec une simplicité gracieuse
et une compétence incontestable, par le fils aîné du général
Pajol, général de division lui-même, qui gagna bravement
ses grades sur les champs de bataille d'Afrique et de Cri-
mée. Déjà, dans l'intervalle de ses campagnes, et dans les
loisirs de la garnison, il cultivait les arts avec ardeur et
avec succès. Deux statues en bronze sont sorties de son
atelier: l'une d'elles, premier et juste hommage d'un fils à
son père, orne à cette heure la promenade de Chamars à
Besançon; l'autre, représentant l'empereur Napoléon Ier,
domine majestueusement le pont de Montereau qu'elle
voudrait défendre encore. Sans quitter l'ébauchoir, ni
l'épée, s'armant un jour de la plume, et tenté de mettre
en lumière des documents nombreux que l'héritage pater-
nel lui avait transmis, le général-artiste se plut à raconter
en trois volumes les glorieux combats et les événements
historiques auxquels son père avait pris part.

Ayant rencontré sur sa route un nom illustre, celui de
Kléber, il consacra un quatrième volume au héros alsacien,
au vainqueur de Damiette et d'Héliopolis.

Écrites sans prétentions, ces deux curieuses monogra-
phies, l'une intitulée *Kléber*, l'autre *Pajol*, sont une mine
de renseignements nouveaux et précieux ; les récits sont
clairs et exacts, les appréciations judicieuses et impartiales.
C'est un monument un peu fruste, a-t-on dit, auquel peut
manquer la proportion ; mais qui pourtant a sa grandeur.

Le même rapport avait signalé avec faveur un autre
ouvrage intitulé : *Histoire de l'établissement des Arabes dans
l'Afrique septentrionale,* composée par un jeune Français
d'Afrique, M. E. Mercier, interprète civil à Constantine,

qui promet d'y occuper bientôt un rang distingué parmi
nos arabisants. Ce livre, inspiré par l'importante histoire
d'un célèbre écrivain du XVe siècle, Ibn-Khaldoun, contient
des documents curieux, choisis avec discernement ; la lecture en est agréable et intéressante. En m'invitant à le
mentionner dans ce rapport, l'Académie a voulu donner à
son auteur un témoignage d'estime et d'encouragement.

Nous entrons maintenant, Messieurs, dans une série de
prix que l'Académie a été amenée à partager tous, avec
regret peut-être, mais en croyant ainsi se montrer à la fois
juste et bienveillante.

Le prix Bordin est décerné, avec une allocation de deux
mille francs, à M. Gustave Merlet pour un tableau de la
littérature française, de 1800 à 1815 ;

Le surplus étant attribué à M. le comte de Gobineau,
ancien ministre de France en Suède, pour un volume
d'études d'histoire et d'art, intitulé : *la Renaissance.*

Sur le prix Marcelin Guérin, deux mille francs sont
alloués, en première ligne, à un volume intitulé : *la Russie,*
dont l'auteur est M. Alfred Rambaud, professeur de la
Faculté des lettres à Nancy,

Et mille francs à chacun des ouvrages suivants :

David d'Angers, deux beaux volumes grand in-octavo,
par M. H. Jouin ;

Les Harmonies du son et les instruments de musique, par
M. Rambosson ;

L'Instruction publique dans les Etats du Nord, par M. Hippeau.

M. Gustave Merlet est un lettré et un érudit ; il sait tout
et porte sur tout des jugements très-sains et trèsjudicieux.

Dans son tableau de la littérature pendant les quinze premières années du xixe siècle, il a su faire d'excellents choix entre les écrivains modernes, et donner à chacun d'eux la part qui lui revenait : ses portraits les rappellent à ceux qui pouvaient les oublier : à ceux qui les connaissaient mal, il apprend à les bien connaître.

M. le comte de Gobineau a fait, en homme de lettres plus encore qu'en historien, son livre sur la Renaissance. Si quelques erreurs chronologiques ont paru lui échapper, c'est volontairement sans doute qu'il les a commises : usant de la liberté que s'arrogent souvent les romanciers et les auteurs dramatiques, de rapprocher, pour les besoins de leur cause, des hommes et des événements que l'austère vérité voudrait qu'on tînt à distance. Avec des noms et des personnages historiques, M. de Gobineau a composé une série de tableaux qui ont leur mérite, leur grâce et leur charme et dont l'ensemble constitue une lecture agréable et intéressante.

Historien véritable et déjà connu par d'importantes publications que l'Académie a remarquées, M. Alfred Rambaud a condensé dans son nouvel ouvrage toutes les parties éparses de l'histoire de la Russie. Ce n'est pas l'impression passagère d'un voyage fait à la hâte qui se reproduit dans son livre ; le pays lui est bien connu : il l'a visité et même habité ; c'est donc le fruit d'un long séjour et d'une longue étude qu'il publie, avec une libre facilité de forme qui, sans qu'elle aille jamais jusqu'à l'incorrection, contraste parfois un peu, par son élégance même, avec l'exacte sévérité du fond.

Au moment de quitter la Russie dont M. Rambaud vient

de nous enseigner l'histoire, nous rencontrons à sa frontière M. Hippeau qui nous y retient un instant encore. Après avoir visité toutes les institutions de l'Europe et de l'Amérique, M. Hippeau a terminé sa tâche en allant inspecter pour nous les écoles de la Russie, de la Suède, de la Norwège et du Danemark. Plein d'observations intéressantes sur l'organisation de l'instruction publique dans les États du Nord, le livre qu'il en rapporte se recommandait à l'attention de l'Académie.

Au même titre, Messieurs, et du droit qu'elle croit avoir d'encourager, pour des mérites de forme et de style, des travaux d'art ou de science qui, tout d'abord, sembleraient peut-être échapper à sa compétence naturelle, l'Académie a distingué l'ouvrage de M. Jouin sur *David d'Angers* et celui de M. Rambosson sur *les Harmonies du son et les instruments de musique*.

Dans chacun de ces livres, à côté de certains détails techniques dont nous ne saurions être les juges ni les garants, une part considérable est faite à la philosophie, comme à l'étude des mœurs et des caractères. Tandis que l'honnête et savant ouvrage de M. Rambosson est écrit avec une élégante simplicité, le portrait de David d'Angers est dessiné de main de maître par M. Jouin et le tableau des rapports que le grand artiste eut avec les hommes illustres de son temps est si heureusement présenté, si habilement mis en relief, qu'en faisant un livre d'art, l'auteur se trouve, en fin de compte, avoir fait aussi un livre de bonne littérature et de saine morale.

Parmi les ouvrages présentés pour le prix de traduction

fondé par M. Langlois, la plupart étaient naturellement consacrés aux grands anciens, poètes ou prosateurs, toujours traduits et que toujours on aime à traduire encore. Horace et Virgile, Perse et Homère, Sénèque et Cervantès ont eu, cette fois, affaire à des œuvres contemporaines, dont trois, d'inégal mérite, frappaient particulièrement l'attention de l'Académie.

Pendant que M. Alfred Rambaud préparait en Russie l'excellent ouvrage dont je vous parlais tout à l'heure, un écrivain anglais, alors peu connu, célèbre aujourd'hui, M. Mackensie Wallace, poursuivait le même but, faisait le même voyage, se livrait au même travail, voyant tout, apprenant tout, pénétrant à la fois dans les institutions anciennes du pays, dans ses mœurs actuelles et dans ses besoins nouveaux ; et bientôt, voilà deux ans à peine, le fruit de ses études paraissait à Londres sous ce titre : *la Russie, le Pays, les Institutions, les Mœurs*. Le succès fut tel que 35,000 exemplaires s'en vendirent en quelques semaines.

Si bon qu'il soit, et si grande que puisse être sa popularité en Angleterre, ce n'est pas cet ouvrage que l'Académie couronne ; il échappe à nos récompenses, sans pouvoir échapper à nos éloges. En le traduisant, M. Henri Bellenger a fait une œuvre utile ; il a fait une œuvre agréable en lui prêtant le charme d'un style élégant et correct.

L'Académie lui décerne le prix Langlois.

Sous ce titre : *Théorie générale de l'État*, M. Bluntschli, professeur à l'Université d'Heidelberg, correspondant de l'Institut de France, a publié un livre savant et purement théorique dont le succès d'un autre ordre, sans égaler celui qu'obtenait en Angleterre l'ouvrage de M. Mackensie Wallace, fut aussi, en Allemagne, très-grand et très-honorable. Rempli d'idées auxquelles je ne reproche pas d'être anciennes, quand elles sont présentées d'une façon ingénieuse qui les rajeunit, cet ouvrage abonde en détails historiques fort intéressants et se fait remarquer par des jugements, qui sont des arrêts, sur les hommes et sur les choses.

Au point de vue spécial du concours Langlois, ce livre a le mérite d'être traduit en bon style, élégant et clair.

Rendant justice à ces qualités, l'Académie m'a recommandé de mentionner ici avec honneur le nom et le travail du traducteur français, M. Armand de Riedmatten, docteur en droit, avocat à la Cour d'appel de Paris.

Un pareil témoignagne de sympathie et d'encouragement est accordé par elle à M. le baron d'Estournelles de Constant, pour sa traduction du drame de *Galatée,* qu'un jeune poète grec, mort récemment avant l'âge, mais non avant la célébrité, M. Basiliadis, faisait, il y a peu d'années, représenter et applaudir, à la clarté du gaz, sur le premier, sur le seul théâtre d'Athènes. Cette résurrection de l'antique est, pour le moins, curieuse et originale ; elle nous montre comment l'art dramatique est compris maintenant dans la patrie d'Eschyle et de Sophocle ; je devrais dire surtout dans la patrie d'Euripide, puisqu'Euripide, ainsi que nous le rappelait ici dernièrement, avec tant d'esprit et de grâce, le plus jeune de nos confrères, osa le premier ouvrir à l'amour les portes de la scène tragique ; jusqu'ici l'amour avait le mérite d'avoir donné la vie à Galatée ; il lui donne aujourd'hui la mort.

L'Académie n'a pu voir sans intérêt cette œuvre toute moderne d'un petit-fils des grands anciens. Je félicite en son nom le jeune traducteur qui, déjà connu d'elle, se recommande doublement à ses yeux par plusieurs travaux littéraires distingués et par le souvenir protecteur de Benjamin Constant, son grand-oncle.

Quand, l'année dernière, l'Académie ayant à décerner, pour la première fois, le prix Archon Despérouses, l'attribait à la belle et importante publication des *Grands Ecrivains de la France*, parmi les meilleurs et les plus utiles collaborateurs de notre savant confrère M. Adolphe Régnier, je nommais d'abord M. Marty-Laveaux à qui cette vaste collection était redevable d'une édition de Corneille et d'un lexique de Racine.

Pour d'autres titres, pour d'autres travaux plus personnels, M. Marty-Laveaux s'est présenté directement, cette année, au concours fondé par M. Archon Despérouses et spécialement affecté à la science philologique, à l'étude de notre langue et à ses monuments de tout âge.

Sa *Pléiade française*, qui permet d'apprécier sainement l'école de Ronsard ; les textes fidèles et corrects de Rabelais que nous lui devons ; son édition de La Fontaine, remplie de rectifications et d'éclaircissements précieux ; sa *Grammaire historique*, qui explique les anomalies apparentes de notre langue, en les présentant comme des débris du langage de diverses époques, répondent à tous les désirs, à toutes les prescriptions du programme et témoignent d'une

connaissance approfondie et délicate des moindres parti-
cularités de la philologie française.

Le montant annuel de cette fondation s'élevant à quatre
mille francs, l'Académie a cru devoir en former deux prix
inégaux ; le plus considérable, de deux mille cinq cents
francs, mérité en première ligne par un vétéran de la
science, est décerné à M. Ch. Marty-Laveaux.

L'autre, de quinze cents francs, est attribué, par contre,
à un débutant, à un jeune érudit déjà très-connu en France
et à l'étranger, M. Arsène Darmesteter, pour deux mémoires sur les noms composés et sur le néologisme. Le
bagage semble mince au premier coup d'œil ; mais il a son
poids et sa valeur. M. Darmesteter a groupé dans quelques
pages une suite d'études curieuses sur l'organisme, sur la
structure du langage, sans négliger même l'examen de
ce que le XVIIe siècle appelait dédaigneusement le jar-
gon. Cette méthode rigoureuse, absolue, qui s'occupe des
causes plus encore que des résultats, n'est pas née en
France ; mais elle s'y acclimate depuis quelque temps avec
succès. Elle méritait qu'on l'encourageât, et, l'occasion
étant bonne, l'Académie l'a saisie avec empressement.

Quatre-vingt-treize ouvrages seulement nous ont été
adressés cette année pour le concours Montyon (ouvrages
utiles aux mœurs). Je dis seulement, parce que, d'habitude,
en 1877 par exemple, et surtout en 1876, c'est à cent vingt
que s'était élevé le chiffre des concurrents.

Ne vous hâtez pas, Messieurs, d'en conclure que le nombre de nos prix ait dû diminuer d'autant ; au contraire. Si
nous avons reçu moins de livres, nous nous sommes vus,

à regret, entraînés à en récompenser encore davantage. Dans des proportions plus ou moins grandes, et avec plus ou moins de faveur, onze ouvrages vont être couronnés devant vous, et ce ne sera pas tout. Je commencerai par en mentionner, par en désigner sommairement quelques-uns auxquels, sans pouvoir s'y arrêter tout à fait, l'Académie a voulu donner, en passant, un témoignage d'intérêt et d'encouragement.

Avant tout, Messieurs, j'ai à vous parler d'un livre qui, tout en se présentant au jugement de l'Académie, se plaçait, pour ainsi dire, en dehors du concours ; sollicitant moins une récompense effective qu'une sorte de consécration morale, un témoignage d'estime et d'approbation.

Sous ce titre : *Feuilles volantes,* M. Louvet, ancien ministre, a publié un recueil de pensées dont on ne saurait trop louer la justesse, la solidité et l'honnête modération. C'est le résumé d'une noble vie, vouée au culte des sentiments les plus élevés, à la pratique de la vertu et à l'amour du bien public.

En mourant, M. Garsonnet, ancien inspecteur général de l'Instruction publique, avait laissé derrière lui, publiés déjà, mais épars dans les journaux et les revues, des articles, des notices, des études qui méritaient qu'on les recueillît et qu'une publicité plus durable leur fût assurée.

La piété de son fils s'est chargée de ce soin. Les œuvres de M. Garsonnet ont été réunies dans un volume vraiment agréable et intéressant, intitulé : *Essai de critique et de littérature.*

Comme l'ouvrage de M. Louvet, ce livre ne pouvait

passer inaperçu. L'Académie les a distingués l'un et l'autre avec une sympathie toute particulière.

Après eux et au-dessous d'eux, elle a vu avec intérêt deux honnêtes romans, et trois charmants recueils de poésies : *la Casa giojosa* par Mlle Benoît, directrice d'un pensionnat de demoiselles à Reims, et *la Pupille de Salomon*, par Mlle Marthe Lachèze, d'Angers ; *Poèmes anecdotiques*, par M. Louis Tronche; *Poèmes sincères*, par M. Chantavoine ; et *Jours d'été*, par M. Gaston David.

Déjà connu de l'Académie, déjà mentionné avec estime dans l'un de nos derniers rapports, M. Gaston David se distingue toujours par une grande pureté de langage et une rare délicatesse de sentiments. Il en est de même de M. Chantavoine, dont la muse gracieuse et discrète a le vol plus soutenu qu'élevé, plus doux que présomptueux ; tandis que M. Louis Tronche se fait remarquer, au contraire, par sa verve, sa force, et sa hardiesse. Récemment couronné dans la patrie de Clémence Isaure, M. Louis Tronche mérite qu'après Toulouse, Paris l'encourage encore. Comme M. Chantavoine et M. Gaston David, il est de ceux avec qui l'on compte et sur qui l'on aime à compter.

Non moins intéressante et non moins vertueuse que *la Pupille* de Mlle Lachèze, *la Casa giojosa* de Mlle Benoît a déjà valu à son estimable auteur une des médailles de la Société d'encouragement au bien. Ce livre, qui semble composé tout exprès pour le concours des ouvrages utiles aux mœurs, est, à coup sûr, un des plus agréables et des plus édifiants que les mères puissent, sans crainte, mettre entre les mains de leurs filles.

Trois prix de deux mille francs chacun ; cinq de quinze

cents francs ; et trois de mille francs ; onze en tout, voilà,
Messieurs, je le répète, le résultat du concours fondé par
M. de Montyon.

L'Académie les décerne aux ouvrages suivants savoir :

Prix de 2,000 francs.

Un Homme d'autrefois, souvenirs recueillis par son arrière-
petit-fils, M. le marquis Costa de Beauregard ;

Montcalm et le Canada français, par M. Charles de
Bonnechose ;

Dosia, par Henry Gréville.

Prix de 1,500 francs.

Autour du foyer, par M. Octave Noël ;
Dans les herbages, par M. Gustave Levavasseur ;
Poèmes et Poésies, par M. Prosper Blanchemain ;
Mademoiselle Sauvan, par M. Émile Gossot ;
Le Mont Blanc, par M. Charles Durier.

Prix de 1,000 francs.

L'Egypte à petites journées, par M. Arthur Rhoné ;
Le Pôle et l'Equateur, par M. Lucien Dubois ;
Essai sur la critique d'art, par M. A. Bougot.

Un Homme d'autrefois, par M. le marquis Costa de Beauregard, et *Montcalm et le Canada français,* par M. Charles
de Bonnechose, sont deux études très-intéressantes ; des

ouvrages d'histoire, plus encore que des biographies historiques.

L'histoire d'*Un Homme d'autrefois* a ce premier mérite
d'être écrite par un homme d'aujourd'hui.

Français d'hier, appartenant à la plus haute noblesse de
l'ancienne Savoie, M. le marquis Costa de Beauregard
se battit héroïquement en 1870, à la tête du bataillon dé-
cimé des mobiles savoyards qu'il commandait, et, tandis
qu'un de ses frères, Olivier Costa de Beauregard, jeune
sous-lieutenant de lanciers, tombait en brave, frappé au
front, sur un de nos champs de douleur, il versait, lui
aussi, une part de son sang pour la défense..., que ne
puis-je dire pour le salut de sa nouvelle patrie !

De pareils souvenirs eussent protégé un autre livre ; celui-ci n'en avait pas besoin; se recommandant de lui-même.

A l'âge de quinze ans à peine, l'homme d'autrefois dont
son petit-fils vient d'écrire l'histoire, Henri de Costa, est
amené à Paris, en 1767, et rien de plus curieux, rien de
plus piquant que de voir cet enfant, dans les lettres, plus
mûres que lui, qu'il ne cesse d'écrire à son père et à sa
mère, parler de tout à la fois, des hommes et des choses :
de Diderot qu'il évite et de Marmontel qu'il recherche ; de
Michel Wanloo, de Greuze et de Boucher à qui il ne
craint pas de montrer lui-même ses premières esquisses ;
jugeant volontiers, avec un peu d'aplomb peut-être, mais
avec beaucoup d'esprit, de finesse et de malice, les grands
écrivains et les grands artistes de son temps.

Devenu plus tard l'intime ami de Joseph de Maistre, le
marquis libéral ne partage pas toujours ses idées philosophiques ; mais à ces différences mêmes d'opinions nous

devons de mieux connaître le noble comte, et de connaître
surtout de lui des lettres nouvelles qui sont vraiment admi-
rables. Plus tard encore, le contre-coup de la Révolution
française ayant retenti au-delà des Alpes, Henri de Costa
se rencontre un jour avec le vainqueur de Montenotte, avec
le général Bonaparte, pour discuter, au nom du roi de
Piémont, la suspension d'armes de Cherasco, dans une
scène dont l'effet dramatique est des plus puissants. Le
temps marche, et l'intérêt du livre augmente à chaque
page. Le retour du marquis auprès de sa famille émigrée
et sa visite nocturne au château ruiné de Beauregard
émeuvent le lecteur comme pourrait le faire un roman.

Dans cette histoire de plus d'un siècle, où deux natio-
nalités, et, par conséquent, deux patriotismes se trouvent
en présence, souvent en lutte, avant de s'unir et de se confondre, l'Académie française, qui comprend tous les sentiments mais qui n'en a qu'un, a dû naturellement faire certaines réserves que je devrais reproduire ici en son nom.
Elle aime mieux rendre hautement justice à l'ensemble
de l'ouvrage, à l'élévation des pensées généreuses qui le
remplissent et qui sont exprimées dans un style d'une
grande élégance et d'une rare distinction.

Aucune réserve ne saurait être faite par le patriotisme le
plus ombrageux contre l'ouvrage de M. Charles de Bonnechose : *Montcalm et le Canada français*. Tout est français
dans son livre, comme tout est resté français dans ce beau
pays perdu pour la France; mais où, depuis plus d'un siècle, le souvenir de la France n'a pas cessé de régner encore.

Une poignée de Français luttant, sans secours, contre
l'armée anglaise puissante et pourvue de tout : voilà le

drame navrant et glorieux à la fois qui se déroule, devant nos yeux, devant nos cœurs, dans ce livre touchant, et plein d'une émotion sincère.

Magistrat estimé, mais condamné d'avance, en quelque sorte, à devenir un jour écrivain, M. Charles de Bonnechose reçut en naissant un nom cher aux lettres, un nom respecté, dont il s'honore et qu'il honore. A son père, M. Émile de Bonnechose, l'Angleterre et la France doivent deux de leurs meilleures histoires, et, de son côté, l'Académie se souvient avec plaisir qu'en 1833, à pareil jour, à pareille fête, quand, ayant mis au concours pour le prix de poésie *la Mort de Bailly*, elle en couronnait ici l'auteur, c'est le nom de M. de Bonnechose qui, pour la première fois, pas pour la dernière, était applaudi dans cette enceinte.

Plusieurs romans remarquables, inspirés par les sentiments les meilleurs, étaient adressés à ce concours, où leur part naturellement ne peut être que très restreinte. Une femme distinguée qui, sous le nom de Henry Gréville, a conquis depuis quelque temps en France, comme elle l'avait fait en Russie d'abord, une honorable renommée, nous avait, entre autres, présenté quatre de ses ouvrages ; le dessus de son panier, sans doute. Elle aurait pu n'en rien garder et, fleurs et fruits, y joindre presque tout le reste. N'ayant que l'embarras du choix, l'Académie a compris et englobé tout ce charmant bagage dans une seule et même récompense, dans un de ses premiers prix, qu'elle décerne à *Dosia* ; œuvre exotique et exquise, aimable entre toutes, élégante et de bonne compagnie ; très-attachante aussi, comme un petit drame du grand monde, et d'une exécution à part, qui a son cachet, sa grâce et son charme; pleine de touches légères, de nuances subtiles et délicates.

« Ça se respire plus que ça ne se définit, et ça sent très-bon », a dit, de ce livre et de ce talent, celui de nos confrères qui s'y connaît le mieux, étant lui-même le modèle que madame Gréville semble le plus vouloir imiter; de loin encore.

Au sortir du salon élégant et parfumé, le livre de M. Gustave Levavasseur nous conduit brusquement *dans les herbages;* c'est-à-dire dans la chaumière, dont l'odeur... locale nous saisit d'abord à la gorge. Ce livre est l'œuvre d'un poëte campagnard, d'un *Gentleman-farmer* qui fait valoir ses terres et qui, tantôt en vers, tantôt en prose, esquissant, *inter amicos*, des *études d'après nature*, et des *portraits rustiques* d'une grâce originale, écrit comme il laboure, avec une grande vigueur d'exécution, dans un style savoureux, à la fois brillant, simple et fort. Il semble n'avoir étudié qu'un petit coin de la Normandie : mais ce petit coin est à lui; il le sait par cœur et il s'amuse à nous le montrer, en vrai propriétaire qu'il est, dans ses moindres détails, sans en rien omettre; faisant volontiers le tour d'un brin d'herbe, nous le faisant faire avec lui, et nous amenant bientôt à nous y plaire.

Ce livre étrange, au parfum champêtre, n'a rien de commun avec la grâce ambrée de *Dosia*. Les rapprochant sans les confondre, et faisant à chacun sa part, l'Académie, qui ne s'effraie d'aucun contraste et que charment tous les talents, les a couronnés l'un et l'autre, l'un après l'autre.

Voici un livre utile, qui se présente sans bruit et sans

étalage, sous un titre peu fait pour piquer la curiosité publique et pour se concilier d'avance l'attention du lecteur : *Autour du foyer*.

Déjà, sans doute, on a publié un grand nombre de livres spéciaux destinés à répandre les connaissances usuelles, et à mettre la science de l'économie domestique et politique à la portée de tout le monde ; mais, presque toujours, arides comme les sujets qu'ils traitent, ces manuels manquent le but qu'ils devraient atteindre.

Souvent mêlé d'anecdotes agréables, écrit d'ailleurs avec beaucoup de clarté et de charme, l'ouvrage de M. Octave Noël a cela d'excellent qu'il ne sépare pas la morale de l'instruction. Bon à lire *autour de tous les foyers*, contient des notions élémentaires très-précieuses, sur la fortune publique et privée, sur la formation de la propriété, sur le capital, le crédit et les institutions de banque ; il démontre l'heureuse influence des machines substituées au travail manuel qu'elles ne dépossèdent pas entièrement, mais dont elles sont les plus utiles auxiliaires ; il fait la part du bon luxe et celle du mauvais ; il va enfin jusqu'à justifier l'impôt en le défendant contre les préjugés qui l'attaquent.

Somme toute, et dans son ensemble, cet ouvrage est très-estimable ; il rentrait particulièrement dans les conditions de notre concours, et M. de Montyon eut aimé à l'encourager.

Au nom de cet homme de bien, qui nous en a légué la tâche, l'Académie encouragea souvent autrefois, sans jamais croire l'honorer assez, une femme... de bien, elle aussi ; dont M. Émile Gossot, dans un petit livre simplement publié sous ce titre : *Mademoiselle Sauvan*, nous a retracé la vie modeste et les éclatants services.

« Sa vie est un modèle à suivre,» disait, en parlant de Franklin, notre cher doyen M. Mignet ; « chacun peut y apprendre quelque chose ; le pauvre comme le riche, l'ignorant comme le savant, le simple citoyen comme l'homme d'État. »

La vie de Mlle Sauvan est aussi un modèle à suivre ; le pauvre comme le riche, l'ignorant comme le savant, chacun peut y apprendre quelque chose. Première inspectrice des écoles de filles de la ville de Paris, Mlle Sauvan eut ce mérite et cet honneur de réformer, de transformer l'enseignement primaire. Son œuvre lui a survécu, et, la trace féconde qu'elle a laissée derrière elle, n'a pas à craindre que rien l'efface.

Peu d'hommes ont fait autant de bien et répandu autant de lumière que cette petite femme d'un si grand cœur et d'une si grande énergie, de qui Delille semblerait avoir dit d'avance, comme des abeilles de Virgile :

> Et dans un faible corps s'allume un grand courage.

Plusieurs des livres qu'elle publiait dans l'intérêt de l'enseignement ayant été déjà récompensés par l'Académie, — Donnez-nous-en un tous les ans et nous le couronnerons, lui disait M. Villemain en 1840.

C'était donc à l'auteur plus qu'à l'ouvrage, à la femme surtout, à ses vertus, à son zèle, à son dévouement que s'adressaient des encouragements toujours mérités et toujours offerts.

Aujourd'hui, Messieurs, c'est encore Mlle Sauvan que l'Académie couronne, en accordant un prix à la notice pleine d'intérêt que M. Émile Gossot vient de consacrer à sa mémoire.

M. Prosper Blanchemain est un érudit fort distingué, dont tout le monde a lu la savante étude sur *Ronsard* et les curieuses notices sur les *Écrivains de la Renaissance;* un érudit et un poète! Le poète seul a frappé à notre porte. Elle s'est ouverte à deux battants devant les cinq volumes de vers qu'il nous présentait et qui contiennent l'ensemble de ses travaux poétiques pendant sa longue et laborieuse carrière, si honorablement remplie.

Ne pouvant couronner à la fois cinq volumes du même auteur, l'Académie a particulièrement remarqué, a choisi comme le plus complet et le plus digne de recevoir la consécration qu'ils méritaient tous, celui qui porte ce titre simple et sans prétention : *Poèmes et poésies.* L'élévation s'y fait remarquer à chaque page et la forme en est toujours élégante, agréable et pure.

Si la muse ailée de M. Blanchemain nous a emportés un moment avec elle dans les hauteurs poétiques de l'*idéal*, voici celle de M. Charles Durier qui, d'un autre air et d'une autre allure, *musa pedestris*, armée de haches, de cordes et de bâtons ferrés, toute vêtue de velours et guêtrée de chamois, comme un *Balmat de Chamonix*, s'empare de nous et, de force d'abord, de bon gré ensuite, tant il y a plaisir à la suivre dans sa lutte héroïque contre la nature, nous transporte tout haletants, mais tout éblouis, jusqu'au sommet du jeune Mont-Blanc, plus rude à franchir que l'ancien Parnasse et que le vieil Hélicon. Rien de plus intéressant et de plus instructif que ce terrible voyage, si commodément fait, en bonne compagnie, avec un pareil guide, solide, aimable et savant, qui nous dispenserait de partir de Paris pour aller visiter *sa montagne*, s'il ne nous en donnait au contraire le goût, l'envie et le besoin.

Les trois ouvrages suivants, aussi estimés que les autres, n'eussent pas été matériellement moins récompensés qu'eux, si les ressources de la fondation l'eussent permis. Peut-être ne rentraient-ils pas tout à fait dans les conditions précises de notre concours, et peut-être, sans méconnaître leur mérite, l'Académie s'est-elle encore demandé si, en accueillant deux livres de science et un livre d'art, elle n'empiéterait pas trop sur la frontière des voisins.

C'est en savant plus qu'en touriste que M. A. Rhoné a parcouru *l'Égypte à petites journées*, et l'excellent livre dans lequel, avec ses impressions et ses souvenirs, il a consigné le fruit heureux de ses recherches, est un ouvrage d'érudition, qui se recommandait particulièrement à notre estime par l'élégance d'un style brillant, correct et distingué.

M. Lucien Dubois n'a pas fait, comme M. Charles Durier et M. A. Rhoné, le grand voyage qu'il nous fait faire *au Pôle et à l'Équateur*; mais il a studieusement puisé aux meilleures sources; il s'est instruit pour nous instruire; si bien qu'on s'y trompe et que, dans son livre, qui n'a rien d'un roman que l'intérêt, on voit, grâce à lui, tout ce qu'il n'a pas vu lui-même.

L'*Essai sur la critique d'art*, par M. Bougot, comprend deux parties : la première, toute théorique, sur l'utilité de la critique d'art, sur ses règles et ses principes, est un long développement esthétique, sage, raisonnable et instructif. Dans la seconde partie, M. Bougot fait, dans des conditions nouvelles et très-distinguées, l'histoire de la critique d'art en France. On ne peut trop louer ce qu'il dit de Félibien, de Du Bos, et de Diderot surtout ; jamais peut-être ce côté important de l'histoire de nos deux grands siècles littéraires n'avait été mieux étudié ni plus clairement mis à la portée du lecteur.

J'en ai fini, Messieurs, avec le concours Montyon, et, à proprement parler, avec tous les concours dont l'Académie est chargée.

Trois prix qui, ceux-là, ne sont pas l'objet d'un concours, restent à proclamer encore : le prix Lambert, le prix Maillé-Latour-Landry et le prix sans nom, mais non sans honneur, qu'un de nos anciens et illustres confrères légua en 1873 à l'Académie, *pour être employé, comme elle l'entendra, dans l'intérêt des lettres.*

Ce dernier prix, dont le montant formé par le produit annuel d'une action de la *Revue des Deux-Mondes*, s'élève, pour cette fois, à 5,750 francs, est décerné par moitiés égales, sans préférence et sans distinction, à deux poètes : M. Édouard Grenier et M. Joséphin Soulary.

Trois fois déjà, M. Éd. Grenier avait obtenu de l'Académie des encouragements et des récompenses : en 1860, au concours Montyon, pour un volume intitulé : *Petits Poèmes ;* en 1867 et 1869, au concours de poésie, pour deux pièces de vers très-justement remarquées : *la Mort de Lincoln* et *Séméïa.* Nous le connaissions, en outre, comme

auteur d'un volume de *Poèmes dramatiques*, et d'un autre
poème intitulé *Marcel*, dans lequel la passion politique
jouait peut-être un trop grand rôle, mais dont le mérite
littéraire avait été par tous apprécié à sa juste valeur.
En sollicitant de nouveau les suffrages de l'Académie,
M. Édouard Grenier était certain d'avance de ne rencon-
trer chez nous que de bons souvenirs, des préventions
favorables et une grande estime pour son talent comme
pour sa personne.

Jamais, au contraire, M. Joséphin Soulary n'avait rien
demandé à l'Académie, et son premier appel a été entendu,
prévenu même, avec d'autant plus d'empressement et de
sympathie. M. Joséphin Soulary habite et a toujours
habité la ville de Lyon; mais sa réputation l'avait devancé
à Paris, et quand, cette année, il nous a envoyé ses vers,
déjà l'Académie se préparait à les couronner.

S'il n'atteint pas la perfection absolue, M. Soulary s'en
rapproche dans quelques-uns de ses sonnets, et se distingue par beaucoup de verve, de passion et de fierté : tantôt
par des touches douces et gracieuses, tantôt par une puissante énergie. C'est un esprit essentiellement moderne,
qui, parfois, va jusqu'à se montrer injuste envers les anciens. Quelques mots malséants lui ont échappé contre
Malherbe et contre Boileau lui-même; nous nous reproche-
rions de ne pas les lui reprocher.

Poète par le tempérament plus que par le sentiment,
M. Soulary n'élève presque jamais sa pensée dans les hauteurs religieuses du spiritualisme; la terre est sa patrie, il
y reste, s'y complaît à la fois et s'y déplaît. S'il s'en déta-
che un peu, ce n'est guère que dans ses dernières œuvres.

Présentant son talent sous un nouveau jour, elles ajoutent aux titres qui le signalaient à la bienveillance de ses juges.

C'est un des premiers devoirs de l'Académie, une de ses tâches les plus douces, de tendre la main à la jeunesse et d'encourager les débuts. Très-jeune encore, M. Gustave Toudouze a déjà publié plusieurs romans qui se distinguent par l'élégance de la forme et par l'honnête élévation des sentiments. Dans chacun d'eux, dans la *Coupe d'Hercule*, le *Coffret de Salomé*, *Octave*, la *Sirène* et le *Cécube*, l'Académie a retrouvé les mêmes qualités, et volontiers elle eût attribué à M. G. Toudouze la totalité du prix fondé par M. le comte Maillé-Latour-Landry.

Des mérites différents et des titres d'un autre ordre recommandaient en même temps à son attention un homme de bien, qui, dans la maturité de son âge, a paru digne aussi d'obtenir un témoignage de sympathie et d'intérêt. Ancien capitaine de dragons, blessé en Afrique et contraint dès lors de renoncer au service militaire, M. Émile Andrieu a écrit avec son épée deux volumes intitulés : *Scènes et Tableaux de la vie d'Afrique* que, l'année dernière, il présentait à notre concours des ouvrages utiles aux mœurs. Le souvenir n'en a pas été vainement invoqué.

Ainsi, Messieurs, deux écrivains que trente années séparent, se trouvent réunis à cette heure. Couronnant l'un au choix et l'autre à l'ancienneté, l'Académie décerne le prix Maillé-Latour-Landry, chacun par moitié, à M. Émile Andrieu et à M. Gustave Toudouze.

Un mot encore, Messieurs, et je m'arrête ; heureux de
céder enfin la parole à notre savant directeur pour qu'à
son tour il proclame d'autres récompenses accordées, non
plus à de bons livres, mais à des bonnes œuvres, à des
actes de vertu, de courage et de dévouement.

Avant son rapport que vous attendez, et qui vous dé-
dommagera de la longueur et de l'aridité du mien, un de
nos confrères, habile en l'art de bien dire, lira devant vous
quelques passages tirés des deux *Eloges de Buffon* qui, l'un
et l'autre, je vous le rappelle, ont obtenu le prix d'éloquence.
Tous deux méritent d'être écoutés avec une égale faveur ;
mais ce n'est pas, j'en suis sûr, sans quelque émotion que
vous entendrez un fragment du beau et bon travail de ce
pauvre Narcisse Michaut, si cruellement, si fatalement interrompu par la mort.

Pendent opera interrupta !

Cette devise, Messieurs, pourrait être aussi celle du
lauréat dont il me reste à prononcer le nom. C'est sur
un lit de douleur que j'ai à déposer la dernière couronne
de l'Académie.

Très-connu et très-aimé dans le monde des lettres où sa
vie était facile, heureuse et brillante, M. Xavier Aubryet
s'est vu subitement, en 1874, foudroyé, terrassé, paralysé
à l'âge de la grande force ; son intelligence aujourd'hui
survit seule à la ruine de tous ses organes. Couché toujours, non pour dormir, mais pour souffrir, entièrement
aveugle, et de ses mains raidies ne pouvant même plus
signer son nom, il travaille encore, Messieurs, il pense en-

core, il dicte encore, et son dernier ouvrage intitulé : *Chez nous et chez nos voisins*, est un charmant livre, plein d'esprit, de bon sens, de bonne humeur, de gaieté même... qui fait pleurer !

Son honorable fondateur l'ayant destiné surtout *à un homme de lettres auquel il serait juste de donner une marque d'intérêt public*, le prix Lambert ne pouvait recevoir un meilleur, un plus digne emploi. Avec une touchante unanimité qui sera, j'espère, une consolation pour ce patient, pour ce martyr qui, dans sa préface, hélas ! s'appelle lui-même le supplicié, l'Académie a décerné le prix Lambert à M. Xavier Aubryet.

ACADÉMIE FRANÇAISE

SÉANCE PUBLIQUE ANNUELLE

DU JEUDI 1ᵉʳ AOÛT 1878.

PROGRAMME DES PRIX DÉCERNÉS.

PRIX D'ÉLOQUENCE.

L'Académie avait proposé pour sujet du prix d'éloquence à décerner en 1878 :

Eloge de Buffon.

Deux prix égaux, de *deux mille francs* chacun, sont décernés aux deux discours portant l'un le n° 3, l'autre le n° 14.

L'auteur du discours inscrit sous le n° 3, portant pour épigraphe :

« *Majestati naturæ par ingenium.* »
« *Pendent opera interrupta.* »

est feu M. Narcisse Michaut, licencié en droit, docteur ès lettres, mort à Nancy, à l'âge de trente-deux ans.

M. Félix Hémon, agrégé des lettres, professeur de seconde au lycée de Rennes, est l'auteur du discours inscrit sous le n° 14, portant pour épigraphe :

> . . . *Obscurâ de re tàm lucida pango*
> *Carmina.* . .
>
> (Lucrèce, I.)

PRIX MONTYON

DESTINÉS AUX ACTES DE VERTU.

L'Académie a décerné :

Un prix de *deux mille cinq cents francs*,

A l'abbé Roussel, à Auteuil, *Seine*;

Un prix de *quinze cents francs*,

A *Aimée* Milcent, à Saint-Jean-de-Monts, *Vendée*;

Quatre médailles de *mille francs* chacune :

A *Justine* Guérin, à Granville, *Manche*;
A *Marianne* Charvet, à Lyon, *Rhône*;
A *Jeanne-Désirée* Sigoigne, à Laval, *Mayenne*;
A *Suzanne* Sordet, à Dijon, *Côte-d'Or*;

Quatorze médailles de *cinq cents francs* chacune :

A *Louis* Schuller, à Sézanne, *Marne*:

A *Eglantine* Rouanet, à Anglès, *Tarn;*

A *Marie* Sauvade, rue Dareau, n° 60 (XIV⁰ arrondisse-
ment), *Paris;*

A *Claudine* Ray, rue Quincampoix, n° 75, *Paris;*

A *Marie-Elise* Poulain, à Villers-sous-Chalamont, *Doubs;*

A *Thérèse* Barthe, à Cahors, *Lot;*

A *Perrine* Avril, à Saint-Lô, *Manche;*

A *Catherine* Léon, à Nice, *Alpes-Maritimes;*

A *Perrine-Françoise* Pouays, à Caro, *Morbihan;*

A *Louise-Marie-Perrine* Tilly, à Pommerit-Jaudy, *Côtes-
du-Nord;*

A *Rose-Anne* Lebon, à Plessala, *Côtes-du-Nord;*

A *Jeanne* Canouet, à Valence, *Tarn-et-Garonne;*

A la veuve Moisan, à Rennes, *Ille-et-Vilaine;*

A *Annet* Moulinier, à La Flèche, *Sarthe.*

PRIX SOURIAU.

Ce prix de la valeur de *mille francs,* destiné à récompenser *des actes de vertu, de courage et de dévouement,*
est décerné à Mlle *Marie-Jeanne* Tentou, à Sengouagnet,
Haute-Garonne.

FONDATION MARIE LASNE.

Mme Marie-Palmyre Lasne a institué par son testament
six médailles, de 300 francs chacune, pour récompenser des

actes de vertu. Elles doivent être données par l'Académie française : « *de préférence aux plus pauvres, et autant que possible à ceux qui auront donné de bons exemples de piété filiale.* »

Ces médailles sont attribuées :

A la veuve Roquier, à Villefranche-sur-Mer, *Alpes-Maritimes;*
A *Eugénie* Bourget, à Nantes, *Loire-Inférieure;*
A *Louise* Rousset, à Châtillon-sur-Loire, *Loiret;*
A *Florine* Duponchelle, à Roubaix, *Nord;*
A *Célina* Denis, à Limoges, *Haute-Vienne;*
A *Marie* Gallier, à Liré, *Maine-et-Loire.*

L'Académie a accordé exceptionnellement une somme de *cent francs,* comme encouragement, à *Marie* Pimont, à Tulle, *Corrèze.*

———

PRIX GÉMOND.

Ce prix, de la valeur de *mille francs,* destiné à récompenser *des actes de courage, de dévouement et de sauvetage,* est décerné, pour la première fois cette année, à *Michel* Rastel, à Saint-Marc, *Loire-Inférieure.*

———

PRIX LAUSSAT.

Ce prix, de la valeur de *trois cent cinquante francs*, destiné, comme le prix Montyon, à récompenser des actes de dévouement et de courage, est décerné, pour la première fois cette année, à *Louis* VALENTIN, à Vauxbuin, *Aisne*.

PRIX MONTYON

DESTINÉS AUX OUVRAGES LES PLUS UTILES
AUX MOEURS.

L'Académie française a décerné trois prix de *deux mille francs :*

A M. le MARQUIS COSTA DE BEAUREGARD, auteur d'un ouvrage intitulé : *Un homme d'autrefois*, 1 vol. in-8°.

A M. CH. DE BONNECHOSE, auteur d'un ouvrage intitulé : *Montcalm et le Canada français*, 1 vol. in-12.

A Mme HENRY GRÉVILLE, auteur d'un ouvrage intitulé : *Dosia*, 1 vol. in-12.

Cinq prix de *quinze cents francs :*

A M. Octave Noel, auteur d'un ouvrage intitulé : *Autour du foyer,* 1 vol. in-12.

A M. Gustave Levavasseur, auteur d'un ouvrage intitulé : *Dans les herbages,* 1 vol. in-12.

A M. Prosper Blanchemain, pour son recueil intitulé : *Poèmes et poésies,* 1 vol. in-12.

A M. Émile Gossot, auteur d'un ouvrage intitulé : *Mademoiselle Sauvan,* 1 vol. in-12.

A M. Charles Durier, auteur d'un ouvrage intitulé : *le Mont-Blanc,* 1 vol. in-8°.

Trois prix de *mille francs :*

A M. Arthur Rhoné, auteur d'un ouvrage intitulé : *l'Egypte à petites journées,* 1 vol. in-8°.

A M. Lucien Dubois, auteur d'un ouvrage intitulé : *le Pôle et l'Equateur,* 2 vol. in-12.

A M. A. Bougot, auteur d'un ouvrage intitulé : *Essai sur la critique d'art,* 1 vol. in-8°.

PRIX FONDÉ PAR M. LE BARON GOBERT.

Ce prix, conformément à l'intention expresse du testateur, se compose des neuf dixièmes du revenu total qu'il a légué à l'Académie; l'autre dixième étant réservé pour l'écrit sur l'*Histoire de France* qui aura le plus approché du prix.

L'Académie a décerné le grand prix de la fondation GOBERT à M. R. CHANTELAUZE, pour son ouvrage intitulé : *le Cardinal de Rétz et l'affaire du chapeau;* 2 vol. in-8°.

L'Académie a décidé que le second prix de la même fondation serait décerné à M. L. PINGAUD pour ses deux volumes intitulés : l'un, *les Saulx-Tavannes,* 1 vol. in-8°; l'autre, *Correspondance des Saulx-Tavannes au XVIᵉ siècle,* 1 vol. in-8°.

PRIX MAILLÉ LATOUR-LANDRY.

Le prix institué par feu M. LE COMTE DE MAILLÉ LATOUR-LANDRY, en faveur d'*un écrivain ou d'un artiste,* a été partagé également entre M. GUSTAVE TOUDOUZE et M. ÉMILE ANDRIEU.

PRIX LAMBERT.

L'Académie a décidé que la récompense honorifique fondée par feu M. LAMBERT serait attribuée à M. XAVIER AUBRYET.

PRIX BORDIN.

Le prix de *trois mille francs,* fondé par feu M. Bordin, pour l'*encouragement de la haute littérature,* a été ainsi réparti :

1° Un prix de *deux mille francs,* à M. Gustave Merlet, pour son ouvrage intitulé : *Tableau de la littérature française de 1800 à 1815,* 1 vol. in-8°.

2° Un prix de *mille francs,* à M. le comte de Gobineau, pour son livre intitulé : *la Renaissance,* 1 vol. in-12.

PRIX DE TRADUCTION

FONDÉ PAR FEU M. LANGLOIS.

Le prix de la fondation Langlois a été décerné à M. Henri Bellenger, pour sa traduction de l'ouvrage anglais intitulé : *la Russie, le pays, les institutions, les mœurs,* par M. Mackensic-Wallace, 2 vol. in-8°.

PRIX HALPHEN.

Ce prix a été décerné à M. le général COMTE PAJOL, pour deux ouvrages intitulés : *Pajol, 1772 à 1796*, 3 vol. in-8° avec atlas; *Kléber, sa vie, sa correspondance*, 1 vol. in-8°.

PRIX THÉROUANNE.

L'Académie a décidé que le prix de la fondation THÉ-ROUANNE, pour l'encouragement des travaux historiques, serait ainsi réparti :

1° Un prix de *deux mille francs*,

A M. H. FORNERON, pour son ouvrage intitulé : *les Ducs de Guise et leur époque*, 2 vol. in-8°;

2° Deux prix de *mille francs* chacun :

A M. DEBIDOUR, pour son ouvrage intitulé : *la Fronde angevine*, 1 vol. in-8°;

A M. A. LUCHAIRE, pour son ouvrage intitulé : *Alain le Grand*, 1 vol. in-8°.

PRIX GUIZOT.

Le prix triennal de *trois mille francs*, fondé par M. Guizot, est décerné à M. Louis Vian, pour son ouvrage intitulé : *Histoire de Montesquieu,* 1 vol. in-8°.

PRIX MARCELIN GUÉRIN.

Sur cette fondation l'Académie a accordé :

Un prix de *deux mille francs* à M. Alfred Rambaud, pour son ouvrage intitulé : *la Russie,* 1 vol. in-12;

Trois prix de *mille francs* chacun :

A M. Hippeau, pour son ouvrage intitulé : *l'Instruction publique dans les Etats du Nord,* 1 vol. in-12;

A M. H. Jouin, pour son ouvrage intitulé : *David, d'Angers,* 2 vol. gr. in-8°;

A M. Rambosson, pour son ouvrage intitulé : *les Harmonies du son et les instruments de musique,* 1 vol. gr. in-8°.

PRIX FONDÉ EN 1873

Par un ancien membre de l'Académie, pour être décerné dans l'intérêt
des lettres.

L'Académie a partagé également ce prix, de la valeur de
cinq mille sept cent cinquante francs, entre M. ÉDOUARD GRE-
NIER et M. JOSÉPHIN SOULARY.

PRIX ARCHON-DESPÉROUSES.

Ce prix annuel, de la valeur de *quatre mille francs,*
affecté à la philologie française, et à des ouvrages ayant
pour objet l'étude de notre langue et de ses monuments de
tout âge, a été ainsi décerné :

Un prix de *deux mille cinq cents francs*, à M. CHARLES
MARTY-LAVEAUX ;

Un prix de *quinze cents francs*, à M. ARSÈNE DARMESTETER.

ACADÉMIE FRANÇAISE

PROGRAMME DES PRIX PROPOSÉS.

PRIX DE POÉSIE A DECERNER EN 1879.

L'Académie propose pour sujet du prix de poésie
à décerner en 1879 :

La poésie de la science.

La limite de trois cents vers ne doit pas être dépassée
par les concurrents.

Les ouvrages envoyés à ce concours ne seront reçus que
jusqu'au 31 décembre 1878.

PRIX D'ÉLOQUENCE A DÉCERNER EN 1880.

L'Académie propose pour sujet du prix d'éloquence à
décerner en 1880 :

Éloge de Marivaux.

Les ouvrages envoyés à ce concours ne seront reçus
que jusqu'au 31 décembre 1879.

CONDITIONS COMMUNES A CES DEUX CONCOURS.

Les ouvrages *manuscrits* destinés à concourir devront être déposés ou adressés, *francs de port,* au secrétariat de l'Institut, avant le terme prescrit, et porter chacun une épigraphe, ou devise, qui sera répétée dans un billet cacheté joint à l'ouvrage, et contenant le nom et l'adresse de l'auteur, qui ne doit pas se faire connaître d'avance. Si quelque concurrent manquait à cette dernière condition, son ouvrage serait exclu du concours.

Les concurrents sont prévenus que l'Académie ne rendra aucun des manuscrits qui lui auront été adressés : mais les auteurs auront la liberté d'en faire prendre des copies.

PRIX DE L'OUVRAGE
LE PLUS UTILE AUX MŒURS.

FONDATION MONTYON.

Ce prix peut être accordé à tout ouvrage publié par un Français, *dans le cours des années* 1877 *et* 1878, et recommandable par un caractère d'élévation morale et d'utilité publique.

Trois exemplaires de chaque ouvrage présenté pour le concours devront être adressés, *francs de port,* avant le 31 décembre 1878, au secrétariat de l'Institut. *Ce terme est de rigueur.*

PRIX DE VERTU.

FONDATION MONTYON.

Ce prix est distribué annuellement par l'Académie; tous les départements de la France sont admis à concourir; il peut être donné intégralement, ou partagé en plusieurs prix et en un certain nombre de médailles ou récompenses.

FONDATION SOURIAU.

Ce prix, de la valeur de *mille francs*, est décerné annuellement; il est destiné « *à décerner chaque année un prix de vertu dans le genre des prix de vertu fondé par M. de Montyon.* »

FONDATION MARIE LASNE.

Par son testament, Mme Marie-Palmyre Lasne a institué six médailles, de *trois cents francs* chacune, pour être données en prix de vertu par l'Académie française, « *de préférence aux plus pauvres, et autant que possible à ceux qui auront donné de bons exemples de piété filiale.* »

FONDATION HONORÉ DE SUSSY.

L'Académie décernera, pour la première fois en 1880, les prix de vertu fondés par Mme la duchesse D'OTRANTE, née de SUSSY, conformément aux intentions ainsi formulées par la testatrice : « *Je lègue à l'Académie française une « somme de deux cent mille francs, dont les arrérages seront « affectés à donner des prix tous les trois ans, pour récompen- « ser de bonnes actions. Ces prix seront distribués en séance « solennelle au nom du comte Honoré de SUSSY; ils seront de « la même nature que ceux légués par le comte de MONTYON, « et je demande qu'ils soient donnés à la même époque.* »

FONDATION GÉMOND.

Ce prix, de la valeur de *mille francs*, est décerné annuellement; il est destiné *à récompenser des actes de courage, de dévouement et de sauvetage.*

FONDATION LAUSSAT.

Ce prix, de la valeur de *trois cent cinquante francs*, est décerné annuellement; « *ce prix annuel de vertu est destiné, comme le prix Montyon, à récompenser des actes de dévouement et de courage.* »

PRIX GOBERT.

A partir du 1er janvier 1879, l'Académie s'occupera de l'examen annuel relatif aux prix fondés par feu M. le baron Gobert pour *le morceau le plus éloquent d'histoire de France,* et pour *celui dont le mérite en approchera le plus.*

L'Académie comprendra dans cet examen les ouvrages *nouveaux* sur l'histoire de France, qui auront paru depuis le 1er janvier 1878. Les concurrents devront déposer au secrétariat de l'Institut trois exemplaires de leur ouvrage avant le 31 décembre 1878.

Les ouvrages précédemment couronnés conserveront les *prix* annuels, d'après la volonté expresse du testateur, jusqu'à déclaration d'ouvrages meilleurs.

PRIX MAILLÉ-LATOUR-LANDRY.

Le prix institué par feu M. le comte de Maillé-Latour-Landry en faveur d'un écrivain ou d'un artiste sera, dans les conditions de la fondation, décerné par l'Académie, en 1880, *à un jeune écrivain dont le talent, déjà remarquable, paraîtra mériter d'être encouragé à poursuivre sa carrière dans les lettres.*

PRIX BORDIN.

La fondation annuelle de *trois mille francs* instituée par
feu M. Bordin sera spécialement consacrée à *encourager la
haute littérature* :

Pour la prochaine application du prix, en 1879, l'Académie statuera exclusivement par l'examen comparatif des
ouvrages publiés dans le cours des années 1877 et 1878, et
dont l'envoi, à trois exemplaires, lui aura été fait par les
auteurs avant le 31 décembre 1878.

PRIX LAMBERT.

L'Académie a décidé que le revenu annuel de cette fondation serait, dans les limites de la pensée du testateur,
convenablement affecté, chaque année, *à des hommes de
lettres, ou à leurs veuves, auxquels il serait juste de donner
une marque d'intérêt public.*

PRIX LANGLOIS.

Ce prix sera, d'après les termes du testament, décerné, en 1879, à l'auteur de *la meilleure traduction* en vers ou en prose d'un ouvrage grec, latin ou étranger publiée dans le cours des années 1877 et 1878.

Les ouvrages présentés à ce concours devront être déposés, au nombre de trois exemplaires, avant le 31 décembre 1878.

PRIX HALPHEN.

L'Académie décernera, en 1881, le prix triennal de *quinze cents francs,* fondé par feu M. Achille-Edmond Halphen, pour être attribué à l'auteur de l'ouvrage que *l'Académie jugera à la fois le plus remarquable au point de vue littéraire ou historique, et le plus digne au point de vue moral.*

Les ouvrages présentés à ce concours devront être envoyés avant le 31 décembre 1880. Les concurrents devront en déposer trois exemplaires au secrétariat de l'Institut.

PRIX THIERS.

L'Académie décernera en 1880 le prix triennal de *trois mille francs* fondé par M. Thiers pour l'*encouragement de la littérature et des travaux historiques*.

Ce prix sera décerné à l'ouvrage d'histoire, publié dans les trois années antérieures au 1er janvier 1880, que l'Académie jugerait le plus digne de cette distinction.

Les ouvrages présentés à ce concours devront être envoyés, au nombre de trois exemplaires, avant le 31 décembre 1879.

PRIX THÉROUANNE.

L'Académie décernera en 1879 le prix annuel de *quatre mille francs* fondé par M. Thérouanne, en *faveur des meilleurs travaux historiques*.

Ce prix sera décerné au meilleur ouvrage publié dans l'année précédente.

Les ouvrages présentés à ce concours devront être déposés, au nombre de trois exemplaires, avant le 31 décembre 1878.

PRIX GUIZOT.

L'Académie décernera, en 1881, le prix triennal de *trois mille francs* fondé par M. Guizot.

Ce prix, selon les intentions du fondateur, sera décerné au *meilleur ouvrage,* publié dans les trois années précédentes, *soit sur l'une des grandes époques de la littérature française depuis sa naissance jusqu'à nos jours, soit sur la vie et les œuvres des grands écrivains français, prosateurs ou poètes, philosophes, historiens, orateurs ou critiques érudits.*

Les ouvrages présentés à ce concours devront être envoyés, au nombre de trois exemplaires, avant le 31 décembre 1880.

PRIX MARCELIN GUÉRIN.

L'Académie décernera, en 1879, le prix annuel de *cinq mille francs* fondé par feu M. Marcelin Guérin.

Ce prix, selon les intentions du fondateur, est destiné à récompenser *les livres et écrits qui se seraient récemment produits en histoire, en éloquence et dans tous les genres de littérature et qui paraîtraient les plus propres à honorer la France, à relever parmi nous les idées, les mœurs et les carac-*

*tères, et à ramener notre société aux principes les plus salutaires
pour l'avenir.*

Les ouvrages présentés à ce concours devront être
envoyés, au nombre de trois exemplaires, avant le 31 décembre 1878.

PRIX DE JOUY.

Ce prix, de la valeur de *quinze cents francs,* fondé par
feu Mme BAIN - BOUDONVILLE, née DE JOUY, sera décerné en
1879, à l'ouvrage publié dans le cours des années 1877 et
1878. Aux termes du testament, il doit être décerné, tous
les deux ans, *à un ouvrage, soit d'observation, soit d'imagination, soit de critique, et ayant pour objet l'étude des mœurs
actuelles.*

Les ouvrages présentés à ce concours devront être
envoyés, au nombre de trois exemplaires, avant le 31 décembre 1878.

PRIX FONDÉ EN 1873

Par un ancien membre de l'Académie pour être décerné dans l'intérêt
des lettres.

L'Académie décernera en 1879 ce prix annuel, que lui
a légué un de ses membres, *pour être employé, comme elle
l'entendra, dans l'intérêt des lettres.*

PRIX ARCHON-DESPÉROUSES.

L'Académie, chargée par le fondateur de ce prix d'en déterminer le caractère, l'a spécialement affecté à la philologie française, et a décidé que ce prix, de la valeur de *quatre mille francs,* serait décerné annuellement *à des ouvrages de diverses sortes, lexiques, grammaires, éditions critiques, commentaires, etc., ayant pour objet l'étude de notre langue et de ses monuments de tout âge.*

Les ouvrages présentés à ce concours devront être envoyés, au nombre de trois exemplaires, avant le 31 décembre 1878.

PRIX BOTTA.

Mme Botta, de New-York, a fait don à l'Académie française d'une somme de *vingt mille francs,* dont les revenus doivent être employés à la fondation d'un prix quinquennal; conformément aux intentions de la fondatrice, l'Académie décernera ce prix, pour la première fois en 1881, au meilleur ouvrage publié en français dans les cinq années précédentes, *sur la Condition des femmes.*

Les ouvrages présentés à ce concours devront être envoyés, au nombre de trois exemplaires, avant le 31 décembre 1880.

PRIX MONBINNE.

L'Académie décernera, en 1879, ce prix, de la valeur de *trois mille francs*, fondé par MM. Eugène Lecomte et Léon Delaville en souvenir de feu M. Monbinne.

Ce prix, dit Prix Monbinne d'après la volonté des donateurs, *sera décerné tous les deux ans, soit pour récompenser des actes de probité, soit pour venir en aide à des infortunes dignes d'intérêt, choisies notamment parmi des personnes ayant suivi la carrière des lettres et de l'enseignement.*

PRIX DE M. JULES JANIN.

L'Académie décernera, en 1880, le prix triennal de *trois mille francs* fondé par Mme veuve Jules Janin.

Ce prix, selon les intentions de la fondatrice, sera décerné *à la meilleure traduction d'un ouvrage latin.*

Les ouvrages présentés à ce concours devront être envoyés, au nombre de trois exemplaires, avant le 31 décembre 1879.

CONDITIONS

POUR TOUS LES

CONCOURS AUX PRIX DE VERTU.

On adresse un mémoire très-détaillé de l'action ou des actions vertueuses ; on a soin d'indiquer les nom, prénoms, lieu de naissance, âge de la personne présentée, l'époque et la durée de l'action, qui doit s'être prolongée jusque dans le cours des deux années précédentes, le nom et le domicile des personnes qui en ont été l'objet.

Ce mémoire, signé des notables du pays, est soumis au maire qui, après en avoir certifié les signatures et les faits qui y sont énoncés, adresse le tout au préfet ou au sous-préfet ; si ces fonctionnaires ont personnellement connaissance de ce qui est indiqué dans le mémoire, ils en attestent la vérité, soit dans les pièces mêmes, soit dans la lettre d'envoi que le préfet écrit au secrétaire perpétuel de l'Académie française, en lui adressant toutes les pièces.

Ces pièces doivent être parvenues, *franches de port,* au secrétariat de l'Institut avant le 31 décembre de chaque année.

CONDITIONS

COMMUNES A TOUS LES CONCOURS.

1° Les ouvrages écartés par une commission ou par l'Académie ne peuvent pas être présentés de nouveau au même concours ;

2° Les nouvelles éditions ne sont admises à prendre part de nouveau au même concours que lorsque l'ouvrage, déjà examiné par une commission, a été notablement modifié par son auteur ;

3° Les ouvrages destinés aux divers concours de l'Académie doivent être directement adressés par l'auteur au secrétariat de l'Institut, au nombre de trois exemplaires, avec une lettre constatant l'envoi et indiquant le concours pour lequel il est présenté.

ÉLOGE
DE BUFFON [1]

PAR

M. NARCISSE MICHAUT

LICENCIÉ EN DROIT, DOCTEUR ÈS-LETTRES

. . . .

. . . .

Il serait étrange, en vérité, qu'une œuvre à laquelle tant d'esprits divers avaient contribué, une œuvre, qui résume tant de travaux et d'efforts, n'eût d'autre mérite que l'art de la composition et la beauté du style. Les contemporains cependant en jugèrent ainsi. Les savants du xviii° siècle regardèrent à peine Buffon comme un des leurs ; la hardiesse des vues leur sembla témérité, ses erreurs leur cachèrent les vérités auxquelles elles étaient mêlées. Il leur sembla, que les expressions générales, qui abondaient dans ses tableaux, provenaient du vague de la pensée, et que ce

---

[1] Fragment du discours, inscrit sous le n° 3, qui a remporté le prix d'éloquence.

coloris éclatant trahissait l'incorrection du dessin. Buffon
lui-même était le complice involontaire de cette apprécia-
tion injuste de son talent ; la complaisance marquée, avec
laquelle il parlait du style, les soins minutieux qu'il mettait
à retoucher ses ouvrages, le choix même du sujet de son
discours à l'Académie française, tout cela semblait dénoter
de sa part une certaine indifférence pour la valeur scientifique des travaux qu'il revêtait de cette forme magnifique.

« Buffon, dit M. Nisard, était de notre pays, où, soit
« attachement médiocre pour le vrai, soit plutôt passion
« d'un peuple artiste pour la forme, on considère le style
« à part des idées, et on enseigne officiellement dans les
« écoles la distinction de la forme et du fond. » On s'accou-
tuma donc à ne voir en lui qu'un ingénieux constructeur
de périodes, un habile artisan de paroles. Parce qu'il pos-
sédait le talent d'écrivain à un degré éminent, on fut porté
par une injustice assez commune à lui refuser les autres.
Les esprits ordinaires trouvent, en effet, une consolation
maligne à penser que la supériorité dans un genre ne
s'achète que par l'absence des qualités différentes, de sorte
qu'à tout prendre, il vaut peut-être mieux être médiocre
dans tous les genres que d'exceller dans un seul.

Il serait aisé sans doute de citer plus d'un critique qui
attira d'abord l'attention sur le mérite scientifique de
Buffon. Ce n'est pourtant que de notre temps qu'il a été
apprécié à sa valeur ; et, chose singulière, il semble aujour-
d'hui que les savants l'ont en plus grande estime que les
gens de lettres. Cette justice tardive est due au temps, qui
a montré la vérité de ces hypothèses hardies et transformé

en vues de génie ce qui ne semblait d'abord que théories ambitieuses. Les lettres doivent se féliciter de cet hommage rendu à la science de Buffon. N'était-ce pas, en effet, leur faire une trop sensible injure que de séparer si profondément le mérite littéraire de la vérité des idées? Quel art serait plus frivole que l'éloquence, s'il était permis de la distinguer à ce point des conceptions qu'elle cherche à exprimer? Ne craignons point, pour l'honneur même des lettres, d'insister sur les grandes vérités, que l'éloquence de Buffon a fait pénétrer dans les esprits. Je n'ignore point que les détails techniques fatiguent l'attention et semblent quelquefois déplacés dans une œuvre littéraire; mais il serait ridicule de prétendre conter la vie d'un naturaliste en craignant de trop parler d'histoire naturelle. Le seul éloge digne des savants est l'histoire de leurs idées; et, s'il m'était permis de leur appliquer un mot célèbre en l'altérant un peu, je dirais, comme Bossuet, que « leurs seules pensées les peuvent louer, et que toute autre louange languit auprès des grands écrivains ».

Mon seul embarras est de choisir, parmi tant de théories, celles qui font le plus de gloire à leur auteur, celles où il a montré l'esprit le plus pénétrant ou le plus ingénieux, celles enfin qui méritent le plus d'attirer l'attention, et qui sont le plus capables de la soutenir.

La *théorie de la terre* est digne sans contredit d'occuper le premier rang dans une revue des travaux de Buffon. C'est par elle que sa vie scientifique commence, c'est par elle aussi qu'elle se termine. En effet, la théorie de la terre fut comme l'apprentissage de ce vigoureux esprit; et les *Époques de la nature,* où cette théorie est reprise, corrigée,

complétée, sont la dernière œuvre de sa vieillesse. Nulle
autre ne lui permettait d'user plus librement de son imagination hardie, et d'exercer avec moins de contrainte
cette « *vie de l'esprit* » dont il parlait si souvent. Il n'était
point condamné ici à ces recherches minutieuses, qui répu-
gnaient si fort à son génie, et dont il ne pouvait se dis-
penser dans l'étude des espèces vivantes et de l'ordre
réel et présent de l'univers. Là, au contraire, au lieu de se
traîner péniblement d'une vérité à l'autre, de consumer
ses forces sur des détails d'observation, sur des notions
éparses et isolées, il pouvait voir tout son sujet, d'un seul
coup, à la lumière d'une grande idée, qui lui donnait
l'unité nécessaire à toute œuvre de génie.

Il n'est point du reste, dans tout le domaine des sciences
naturelles, de sujet plus digne des méditations d'un grand
esprit. Il touche à la fois aux recherches les plus spéciales
de chaque science et au problème le plus général et le plus
élevé de la métaphysique, le problème de l'origine des
choses. Un attrait mystérieux nous porte vers ces temps
qui ont précédé toute chronologie, vers ces événements
qui ont devancé toute histoire. On dirait que l'imagination
se joue plus librement dans cet infini du temps et de
l'espace ; et l'on conçoit le noble orgueil de l'homme, qui
croit deviner par la force du génie des spectacles qui n'ont
eu que Dieu pour spectateur.

J'oserais dire que Dieu semble lui-même encourager
ici notre audace, lorsqu'il nous rend en quelque sorte
confidents de son œuvre, en nous révélant quelques-uns
des grands traits de la création. S'il a mis en nous une
curiosité ardente pour ces problèmes, s'il l'a en partie

satisfaite, n'est-ce point pour nous inviter à entretenir et à
étendre, dans la mesure de nos forces, la science dont il a
fait briller dans notre esprit les premières étincelles?
Dieu n'est point jaloux de ses créatures ; ce serait faire
injure à sa grandeur et à sa bonté, de craindre que la
science pût jamais, sans son aveu, soulever un des voiles
dont il lui plaît de couvrir ses mystères. D'ailleurs, puisque
les découvertes de la science nous font sans cesse pénétrer
plus avant dans l'ordre du monde, elles augmentent notre
respect pour son créateur ; et il est permis de les considérer comme des révélations successives, qui agrandissent
sans cesse l'idée que nous concevons du créateur. Buffon
l'a dit en termes magnifiques, et avec une émotion que je
crois sincère : « Les vérités de la nature ne devaient pa-
« raître qu'avec le temps ; et le souverain Être se les réser-
« vait comme le plus sûr moyen de rappeler l'homme à lui,
« lorsque sa foi, déclinant dans la suite des siècles, serait
« devenue chancelante ; lorsque, éloigné de son origine,
« il pourrait l'oublier ; lorsqu'enfin, trop accoutumé au
« spectacle de la nature, il n'en serait plus touché et vien-
« drait à en méconnaître l'auteur. Il était nécessaire de
« raffermir de temps en temps et même d'agrandir l'idée
« de Dieu dans l'esprit et dans le cœur de l'homme. Or,
« chaque découverte produit ce grand effet ; chaque nou-
« veau pas que nous faisons dans la nature nous rapproche
« du Créateur. Une vérité nouvelle est une espèce de mi-
« racle ; l'effet est le même ; et elle ne diffère du vrai
« miracle, qu'en ce que celui-ci est un coup d'éclat que
« Dieu frappe immédiatement et rarement, au lieu qu'il
« se sert de l'homme pour découvrir et manifester les mer-

« veilles dont il a rempli le sein de la nature ; et que,
« comme les merveilles s'opèrent à tout instant, qu'elles
« sont exposées de tout temps et pour tous les temps à sa
« contemplation, Dieu le rappelle sans cesse à lui, non-
« seulement par le spectacle actuel, mais encore par le dé-
« veloppement successif de ses œuvres. »

. . . .

. . . .

ÉLOGE

DE BUFFON[1]

PAR

M. FÉLIX HÉMON

AGRÉGÉ DES LETTRES, PROFESSEUR DE SECONDE AU LYCÉE DE RENNES

. . . .

Seuls, Buffon aimait à le dire, les ouvrages bien écrits sont dignes de passer à la postérité ; mais il avait soin d'ajouter que, pour bien écrire, il fallait bien sentir autant que bien penser, et que l'esprit n'est rien sans l'âme. L'ordre dans le style, c'est la clarté, la simplicité, l'unité ; mais le mouvement, c'est la chaleur et la vie. Buffon n'est-il qu'un artiste consommé, dont les ressources infinies nous étonnent sans nous émouvoir ? Non ! l'habileté la plus raffinée ne suffirait point à expliquer une popularité si durable, si universelle. Non ! le dieu n'est pas absent de ce temple. La Nature inspire son historien ; à ce métaphysicien, épris de la froide régularité des systèmes, elle communique l'éloquence de l'orateur et l'imagination du poète.

---

[1] Fragment du discours, inscrit sous le n° 14, qui a remporté le prix d'éloquence.

C'est par ce double mérite que Buffon s'est élevé si fort
au-dessus de ces savants contemporains, qui mettaient au
service de la science une raison sans chaleur, ou une finesse
sans profondeur. On lit et on lira toujours Buffon ; mais
on ne lit plus guère Fontenelle. A quoi bon les traits sub-
tils, les saillies dont l'éclat nuit à la solidité de l'ensemble?
Buffon n'a pas et ne veut pas avoir d'esprit; il se contente
d'avoir du génie, et il applaudit aux vers de Lebrun, lorsque Lebrun s'écrie :

> Flatté de plaire aux goûts volages,
> L'esprit est le dieu des instants.
> Le génie est le dieu des âges :
> Lui seul embrasse tous les temps.

Ce génie, grave et noble, répugne à la plaisanterie, à
l'ironie, dont il use rarement, et où il se sent mal à l'aise.
Mais, si l'esprit n'est, pour ainsi dire, nulle part, l'éloquence est partout. Les mouvements oratoires abondent,
soutenus d'un souffle puissant, si amples dans leur magni-
ficence, que Rivarol en compare la grandeur à la tranquille
élévation des cieux. Buffon avait de l'orateur, non-seulement l'attitude et le geste, mais la conviction intérieure,
la solennité de la parole et du style, l'amour des longues
périodes cicéroniennes, qu'il aimait à réciter lui-même de
mémoire au milieu d'un cercle d'amis, et dont la dignité
de son débit augmentait encore l'effet. Aussi ses discours
académiques sont-ils des chefs-d'œuvre. Directeur de
l'Académie, il était toujours prêt à répondre, presque à
l'improviste, aux collègues qu'il était chargé de recevoir :
« Eh bien, disait-il à Diderot, je les louerai, je les louerai

bien, et l'on m'applaudira. Est-ce que l'homme éloquent trouve quelque sujet stérile? » Cette éloquence innée, il la porta dans la science. De là cette préoccupation de l'idée générale, du trait dominant. De là cette gravité jamais démentie, cette chaleur égale et persuasive. Persuader et instruire, c'est-à-dire émouvoir l'âme et agrandir l'esprit, c'est le but de l'orateur, et c'est aussi celui de Buffon. Dès lors s'explique la contradiction plusieurs fois signalée entre son souci de la forme et son dédain des questions oiseuses de la grammaire. Qu'importent les archaïsmes et les néologismes, les incorrections même? Le grand point, c'est de rendre exactement et fortement la pensée. Toujours occupée de mots, la grammaire sert à faire des livres « qui n'expriment rien, quoique très-correctement écrits ». Si les grandes pensées viennent du cœur, c'est au cœur qu'il faut demander le grand style.

C'est le cœur aussi qui fait le poète. Buffon, contemplateur assidu de la création, semble avoir dérobé à son auteur la faculté de créer et d'animer ce qu'il crée. Nouveau Promothée, il donne à son œuvre plus que la beauté, la vie. Sous sa main, les idées les plus abstraites se parent des plus riches couleurs. Le grand coloriste, — c'est ainsi que l'appelaient ses contemporains, — croit que la prose, plus libre que la poésie, est plus capable de rivaliser avec la peinture. Lui-même a la prétention d'écrire

en prose plus sublime
Plus belle que les plus beaux vers.

Il reprochait aux poètes du temps de sacrifier aux exigences de la rime la propriété de l'expression et de ne pas savoir peindre la nature. Ces « poètes sans poésie », il a le droit de ne pas les épargner ; car il est plus poète qu'eux. Aussi Voltaire, Thomas, Marmontel lui reprochent à l'envi d'être « poète en prose » et lui accordent ironiquement une place distinguée « parmi les poètes du genre descriptif ». Grimm, qui se tient lui-même en garde contre la « poésie séduisante » de ce style, nous épargne le soin de répondre à ces critiques, trop renouvelées aujourd'hui, en s'écriant : « Si des gens d'un goût sévère lui reprochent un peu trop de poésie dans son style, il faut convenir que ces défauts se pardonnent bien plus aisément que la sécheresse et la pauvreté qu'on remarque dans d'autres ouvrages philosophiques de notre temps. » Cette poésie d'ailleurs, selon l'expression de Bossuet, fleurit comme d'elle-même des choses. Le style de Buffon, comme celui de tous les vrais poètes, n'impose pas aux objets les plus divers une teinte uniforme ; il prend la couleur même du sujet, tantôt riche en métaphores, en rapprochements de mots hardis, lorsqu'il peint les savanes du Nouveau-Monde, où fourmille la vie, tantôt volontairement triste et nu, lorsqu'il décrit les derniers vestiges de la nature mourante, dans le silence éternel du pôle. Sans aller jusqu'à soutenir, avec Mme de Genlis, que la langue de Buffon soit plus variée que celle de Voltaire, on peut juger qu'elle est plus colorée, et que Rousseau, mieux fait pour comprendre l'historien de la nature, n'exagère pas en disant de lui qu'il est « la plus belle plume du siècle ».

Dans certaines descriptions des *Oiseaux*, Rivarol admirait « une mélancolie d'expression » qui tempère heureusement l'éclat des images. En d'autres, il eût pu admirer la

grâce légère, la finesse de touche, la souplesse de ton, qui
démentent la prétendue solennité uniforme dont le pré-
jugé persiste à revêtir l'Histoire naturelle. Depuis les oiseaux de nos climats, le rossignol, chantre des bois, le
serin, musicien de la chambre, le rouge-gorge, compagnon
fidèle du bûcheron, jusqu'aux oiseaux étrangers, sur le
plumage desquels la nature semble avoir épuisé ses pinceaux, et dont les nids pendent aux lianes, bercés au gré
des vents, quelle variété inépuisable de ressources ! Quand
on suit, avec Buffon, bien loin de la motte de terre où les
êtres lourds et rampants sont attachés, au-dessus de tous
les pays, au dessus de tous les orages, le vol de ces « êtres
ailés que la nature paraît avoir produits dans sa gaieté »,
quand on entend leur chant, dont Buffon, après Aristo-
phane, essaie de noter les intonations musicales, on pense,
malgré soi, non-seulement à l'étincelante fantaisie du poète
grec, mais aux peintures plus modernes d'un écrivain qui,
lui aussi, a porté la poésie dans la science, comme il l'avait
portée dans l'histoire. Faut-il blâmer Buffon d'avoir con-
fondu les genres? ou plutôt ne faut-il pas avouer que, s'il
a mis la poésie dans la science, c'est que la science peut et
doit avoir sa poésie?

Il n'est point téméraire de conclure que Buffon vit surtout par le style. Mais ce n'est point par là seulement qu'il
vit. En lui, le fond est inséparable de la forme ; l'écrivain
ne peut s'isoler du savant, qui maintient entière la dignité
de la science exacte, et lui prête une grandeur ornée, mais
toujours sévère, qu'elle ne connaissait pas. Quelques-uns
de ses collaborateurs ont cru lui avoir dérobé le secret de
son style, et l'on dit que parfois les contemporains s'y

sont trompés. Mais ils n'en avaient pris que les procédés
extérieurs, et leur imitation nous semble une parodie.
« On cherche en vain, disait Buffon, à imiter le style d'un
grand écrivain, on ne peut y réussir; car on n'est éloquent
que par l'âme, et mettre de l'âme dans une phrase, c'est
être soi et non pas un autre. » Si donc ces pages, déjà
vieilles d'un siècle, semblent encore vivantes, c'est que
Buffon y a mis son âme. Dans ce cadre immense, fait
pour que la nature y pût tenir, apparaît la noble figure,
non-seulement d'un savant, mais d'un homme. On le sent
là tout entier, avec ses ardeurs presque juvéniles, avec sa
persévérance obstinée. Jamais il ne se met lui-même en
scène : s'il parle de lui, c'est pour parler de son œuvre,
pour regretter que la fatigue et la vieillesse soient venues
sitôt l'interrompre. Cette œuvre démesurée, toujours il
l'envisage avec une résolution sereine. Loin d'en réduire
les proportions, à mesure qu'il avance en âge, il semble
qu'il prenne plaisir à les élargir encore. Son regard ne
cesse d'embrasser l'Histoire naturelle dans son étendue sans
limites, « tous les espaces, tous les temps ». Aussi a-t-il
fondé, non-seulement la partie historique et descriptive,
mais encore la philosophie de la science. Avant lui, tous
les écrivains du XVIIᵉ siècle, philosophes, historiens, poètes, avaient étudié l'homme en lui-même, avaient analysé
le développement de ses facultés intérieures. Buffon re-
nouvela cette étude en considérant l'homme, non plus iso-
lément, mais dans ses rapports avec la nature, dont il est
l'esclave et le maître. Son génie est de la même famille
que celui de Descartes et de Bossuet : après le *Discours sur
la Méthode* et le *Discours sur l'Histoire universelle*, devait

venir le *Discours sur la nature*. A ce seul titre, Buffon serait
immortel. Quant au style, qui n'est beau que par le nombre de vérités qu'il fait valoir, Buffon déclarait, non sans
fierté, qu'il est l'homme même, et ne peut être transporté
hors de l'homme. Mais il prévoyait, sans regret, qu'un
jour viendrait où les progrès de la science laisseraient
bien loin derrière eux ses vues même les plus originales,
ses découvertes les plus nouvelles. Bien loin de redouter
ce progrès, il l'appelait de tous ses vœux; il souhaitait que
d'autres vinssent achever ce qu'il avait commencé, corri-
ger ses observations insuffisantes, ses hypothèses trop
téméraires, ses conclusions trop hâtives. Lui qui rêvait la
perfectibilité indéfinie de l'esprit humain, pouvait-il espérer que son ouvrage marquerait le point d'arrêt de la civi-
lisation et des lumières? Loin de lui cet égoïsme! S'il a
consacré sa vie à la science, c'est qu'il l'aimait pour elle-
même. Après un siècle écoulé, plus d'une surprise lui serait sans doute réservée, s'il lui était donné de revivre;
mais son orgueil serait grand en voyant que le monument
élevé par lui reste encore debout dans sa majestueuse
unité. Toute la science du XVIII* siècle s'est absorbée et
confondue dans le courant plus large et plus sûr de la
science moderne; mais l'œuvre de Buffon garde son nom
et son originalité propres, semblable à ces fleuves d'Amérique, qu'il admirait tant, dont le cours puissant demeure
encore distinct, longtemps après qu'il s'est perdu dans la
mer.

RAPPORT

LES PRIX DE VERTU

Lu dans la séance publique annuelle de l'Académie française
du 1ᵉʳ août 1878

PAR

M. J.-B. DUMAS

DIRECTEUR

--- --- ---

Messieurs,

En 1782 un anonyme, obéissant à la pensée dominante de son siècle auquel une sensibilité un peu théâtrale ne déplaisait pas, demandait à l'Académie française de prononcer chaque année l'éloge public de l'action la plus vertueuse récemment accomplie ; on trouvait naturel alors d'ouvrir un concours philanthropique de vertu, comme on ouvre des concours d'éloquence, de poésie ou de peinture. L'éminent magistrat, le vénérable Montyon, fondateur de ce premier prix, en léguant à l'Institut, en 1820,

une partie considérable de sa fortune et le reste aux hôpi-
taux, confirmait cette première donation, mais on en pré-
cisait déjà mieux le sens : la vertu n'était plus une œuvre
calculée du jugement et de la raison, c'est-à-dire la bienfaisance, mais une émanation spontanée et chaude du
cœur, c'est-à-dire la charité.

Eclairé par les dures souffrances de l'émigration et par
l'expérience d'une longue vie, M. de Montyon ne demandait point à l'Académie de faire naître des actes éclatants;
il lui confiait le soin de récompenser d'humbles dévouements. Il ne confondait plus les œuvres de charité, pures
de tout égoïsme, exemptes de toute vanité, avec ces créa-
tions du talent où domine le sentiment de la personna-
lité. Le savant qui poursuit une découverte, le lettré,
l'artiste qui méditent une composition hardie, s'estiment
haut et veulent être estimés. Sensibles à l'honneur, ils
entrevoient la louange publique comme une espérance,
les couronnes de l'Académie comme un but. Dans leur
humilité, les mérites auxquels s'adressent les prix de
vertu restent, au contraire, indifférents et supérieurs à
tous les éloges. Les personnes presque toutes inconnues
que nous allons signaler à l'estime du pays, vivant en
général loin du bruit et dans l'ombre, apprendront, à la
fois, qu'un bienfaiteur, dont elles ignoraient le nom, a
chargé une compagnie, dont elles ignoraient l'existence,
de les récompenser pour des actes dont elles ont toujours
ignoré le prix.

L'âme vraiment charitable fait le bien par une pente naturelle. C'est là sa béatitude. Elle souffre des douleurs
d'autrui plus que de ses propres maux, et, quand elle sou-

lage la souffrance du prochain, elle se soulage elle-même
d'un poids qui l'oppressait. Pour porter le secours, elle
n'attend pas la demande; après le bienfait, elle échappe au
remercîment. Elle ne se trouve jamais assez prompte à
atteindre les misères, et le voile qui doit cacher son action
ne s'étend jamais assez vite à son gré. Elle ne veut ni té-
moin ni récompense; sa pudeur s'offense de tout éclat.

Voilà pourquoi l'Institut, dont l'influence a créé de
belles œuvres dans le domaine de la pensée, est impuissant
à susciter des actes de vertu. Ceux-ci naissent et s'épa-
nouissent sans culture. Un cœur simple, attiré par un pen-
chant irrésistible vers le bien moral; une âme ferme, qui
connaît le prix du sacrifice et n'hésite point à l'accomplir;
une active charité que la bonté dirige: ce sont là les
éléments d'un héroïsme qui n'a rien d'épique, mais dont
le spectacle, plein de consolation et de douceur, réconcilie
avec la nature humaine.

Les actes que l'Académie enregistre chaque année sont
relevés, selon l'intention du fondateur, dans les rangs
obscurs de la pauvreté. N'allons pas cependant en conclure qu'en mettant les heureux du siècle hors concours,
elle tient pour vertueux seulement les domestiques se sacri-
fiant à leurs maîtres, les ouvriers se dévouant à leurs patrons.

Si la vertu est le sacrifice, refuseriez-vous de placer au
premier rang l'exemple donné par la vie et la mort de
la nièce d'un grand ministre, Marie-Antoinette Périer,
religieuse à l'Enfant-Jésus de la rue de Sèvres? Dédai-
gnant les douceurs de l'existence privilégiée et opulente
pour laquelle elle était née et les joies de la vie de famille
auxquelles tout la conviait, cette sainte fille s'était consa-

crée au soulagement de la douleur et particulièrement
au service des salles réservée aux maladies contagieuses,
si redoutées des mères et si fécondes en catastrophes.
A son tour, hélas! martyre de sa charité, elle succombait au
poison émané d'un enfant atteint du croup, respirant la
mort dans le dernier souffle d'un pauvre opéré dont ses
tendres soins avaient voulu sauver la vie.

Si la vertu consiste dans le dévouement absolu au devoir, n'en trouvez-vous pas les signes les plus sûrs dans
les traits répétés de courage offerts à notre admiration
par ces médecins qui, interprétant le serment d'Hippo-
crate en son plus noble sens, exposent aussi leur propre
vie, dans une lutte sans gloire, dans un combat sans illu-
sions, entourés de malades dont l'approche peut devenir
mortelle? Le danger est-il incertain? Combien d'exemples
attestent, au contraire, que, pour certaines affections
trop communes, il est imminent! Voyez-vous un seul pra-
ticien hésiter devant l'accomplissement de sa mission?
Non! — Qu'ils soient âgés et éclairés par l'expérience d'un
long passé; qu'ils soient à leur début, animés encore de la
confiance de la jeunesse; qu'ils soient seuls, ce qui autori-
serait l'égoïsme; mariés et pères de famille, ce qui excuse-
rait la prudence, on ne les voit pas défaillir. La liste serait
longue cependant s'il fallait donner la nomenclature de
toutes ces victimes du devoir professionnel, de tous ces
médecins morts à l'ennemi, comme on dit au ministère
de la guerre. On ne les compte plus!

Si, par vertu, on veut entendre même le sentiment
soudain qui engendre l'héroïsme, l'Académie, s'inspirant
du sentiment de l'antiquité, eût-elle hésité un instant à con-

sidérer comme un grand acte de vertu, l'action de la sœur
Simplice, garde-malade de Bon-Secours, de la maison de
la rue Jacob? Cette noble et sainte fille donnait ses soins
à deux enfants délicats, dont une visite de famille avait
conduit les parents aux environs de Bourges. Dans une
promenade autour de l'habitation, à l'entrée d'un bois
vers lequel elle dirigeait les deux convalescents et trois
de leurs petits cousins, une fillette lui fait remarquer un
chien de mauvaise apparence se roulant sur l'herbe. Com-
prenant, à son aspect sinistre, le danger qui menace son
jeune troupeau, elle repousse celui-ci et se porte en avant
en criant : « Courez, sauvez-vous ! » Quant à elle, attirant
l'attaque de l'animal, elle en brave le choc, le saisit par
les mâchoires et le retient en place, jusqu'à ce qu'un vieillard, conduit par les cris des enfants épouvantés, vienne,
entre les bras mêmes de la courageuse femme, abattre
le chien furieux et parvenu au dernier paroxysme de la
rage. La sœur Simplice avait reçu vingt-huit morsures.
Malgré des soins empressés, trois semaines après elle succombait à Paris, au milieu de ses compagnes. Les obsè-
ques de cette noble victime de la charité et du devoir
attiraient à l'église Saint-Germain-des-Prés une foule sympathique, profondément émue, et chacun disait, en se
découvrant avec respect : « Pauvre fille ! elle est morte au
champ d'honneur ! »

Si l'Académie se considère comme incompétente, lorsqu'il s'agit de récompenser les vertus incomparables des
sœurs de Charité ou les actions d'éclat des membres du
corps médical, à plus forte raison s'abstient-elle le plus
souvent de porter un jugement sur les actes de dévoue-

ment des membres du clergé. Leur mission, en effet, n'est-elle pas la charité elle-même et sous toutes les formes? Conçoit-on un des ministres de la religion fermant les yeux à la souffrance et la main à l'aumône? Toute règle, cependant, comporte des exceptions, et, si l'Académie n'a pas hésité à s'en permettre une de plus, les circonstances exposées à la fin de ce rapport la justifieront à tous les yeux. Dans les conditions plus modestes où elle est accoutumée à placer ses récompenses, des mérites non moins dignes de respect se présentent; les sacrifices qui embrassent toute l'étendue de la vie, exigent, en effet, une abnégation, une fermeté, une obstination dans le bien qui semblent le privilège de quelques âmes d'élite ; on aime à contempler ces longs dévouements dont nous allons offrir un premier et remarquable exemple.

A l'ouest de la Vendée, sur le bord de l'Océan, s'étend la commune de Saint-Jean-de-Monts, vouée à l'agriculture, autrefois sans routes et sans industrie, couverte d'eau pendant une partie de l'année, en proie, au retour de chaque automne, aux fièvres paludéennes, et comptant naguère un indigent sur trois habitants. Quel théâtre pour la charité! C'est là que, depuis quarante ans, la demoiselle Aimée Milcent s'est consacrée au soulagement des pauvres, au pansement des malades, à l'éducation morale et religieuse des enfants. Après avoir entouré de ses soins de vieux parents qui l'avaient adoptée, elle en recueillait pour tout héritage un revenu de vingt-deux sous par jour, —vous l'entendez, vingt-deux sous, — et vous allez voir ce qu'on peut faire avec ce revenu que le moindre caprice dissiperait,

quand le cœur s'emploie à le faire valoir. Restée seule
à l'âge de trente ans, elle se fit la sœur de charité des malades de la commune. Ce n'était pas une sinécure, croyez-le
bien ! Ces communes d'un littoral peu fertile occupent de
grandes surfaces et les habitations y sont fort éloignées les
unes des autres. Si quelques malades pouvaient venir
trouver Mlle Milcent, il en était que leurs infirmités rete-
naient à une ou deux lieues du bourg qu'elle habite. Des
plaies à panser, des affections contagieuses à soigner
rendaient-ils ces clients un objet de dégoût ou de
crainte, même pour leurs proches, loin de les abandonner,
elle partait avant le jour à travers les marais et les brouil-
lards, fidèle, à la fois, au devoir qui l'appelait vers ces
infortunés, et à celui qui la ramenait vers sa demeure,
pour y recevoir ses malades et ses pauvres à l'heure accoutumée.

Car Mlle Milcent constituait à elle seule une administra-
tion de l'assistance publique : infirmière intelligente et
dévouée qu'aucun soin ne rebutait; directrice d'une petite
pharmacie à l'usage des indigents, d'un bureau de bienfaisance où les misérables trouvaient des aliments, les
vieillards des couvertures de laine, des vêtements chauds
et du bois pour l'hiver; les jeunes mères des trousseaux
pour leurs nouveau-nés, les orphelins un asile. La voix
publique, dans sa reconnaissance, a désigné sous le nom
de *Bureau de charité* de Mlle Milcent cette humble
demeure où semblent réunies les forces et les ressources
de l'État, et qui ne recèle pourtant qu'une âme ardente
au bien et la charité féconde qui s'en exhale.

Avec une vie si occupée, Mlle Milcent pouvait se croire

12

autorisée à se reposer le dimanche. Mais comment parcourir sans cesse le pays, pénétrer dans les familles, toucher à toutes les plaies, sans remonter à cette cause permanente du désordre et de la misère, le cabaret, foyer de perversité et de dégradation, où se laissent entraîner même les jeunes filles de ces campagnes? Pour les arracher à ce milieu déplorable, Mlle Milcent institue la *réunion du dimanche*; elles y trouvent des récréations honnêtes, animées par l'entrain d'une femme qui possède le secret de faire bien tout ce qu'elle fait. Courageuse devant une large blessure, patiente en face de longues douleurs, infatigable dans l'exercice de sa vaste charité, cette infirmière résolue se transforme le dimanche en une tendre mère, ouvrant son cœur ému aux confidences de ses filles adoptives, également prête à partager la gaieté de celles dont l'esprit est libre, à s'émouvoir des peines de celles dont l'âme est troublée et à ramener vers le droit chemin celles qui s'en écartent.

Mlle Milcent est une femme d'un grand cœur ! Il ne manquait à sa noble vie qu'une occasion pour témoigner de son ardent amour pour la France. Quand on a passé tant d'années à se nourrir de sentiments élevés et qu'on a vécu dans la pratique habituelle de l'abnégation et du dévouement, on est prêt à sentir vibrer en soi toutes les fibres du patriotisme. Au moment de nos désastres et lorsque les enfants de la Vendée en subissaient les conséquences douloureuses, Mlle Milcent improvisait une ambulance, se consacrait aux soins des blessés, se multipliait pour leur assurer les secours et les consolations, poursuivant cette nouvelle tâche avec une ardeur qui lui faisait oublier son

âge, jusqu'au moment où, le cœur déchiré des malheurs
du pays, elle tombait épuisée et malade à son tour.

Voulant honorer sa vieillesse respectée, l'Académie française, interprète des vœux de ses compatriotes reconnais-
sants, décerne à Mlle Milcent un prix de 1,500 francs.

Comment ne pas faire des places réservées dans la liste
que nous avons à parcourir à quelques personnes d'élite ?

Justine Guérin, âgée de quatre-vingt-neuf ans, pourrait
croire que la récompense méritée par sa charité s'est fait
longtemps attendre, car les premiers soins qu'elle a donnés aux enfants pauvres remontent à 1823. Depuis lors et
tant que ses forces le lui ont permis, elle a été constamment entourée d'orphelines, de filles abandonnées par leurs
mères ; s'oubliant toujours elle-même, elle se partageait
entre ses proches par le sang et ses proches par la charité.

Jeanne-Désirée Sigoigne, née à Trévalles, commune de
Laval, devenue aveugle après une longue vie vouée aux
bonnes œuvres, trouve le moyen de se rendre encore utile
aux pauvres, au lieu de leur faire une concurrence que son
malheur justifierait assurément.

Marianne Charvet, à l'âge où une jeune fille entre en service, choisit pour maîtresse une dame paralytique, en
adopte la fille et soutient par son seul travail leurs trois
existences. Elle ne se considère comme dégagée de son
libre contrat que par le décès de ses deux protégées,
qu'elle n'a cessé, renversant les rôles, d'appeler ses deux
maîtresses et d'honorer comme telles pendant trente-deux
ans. Sur ses dernières épargnes elle leur a consacré une
tombe décente, sans se douter que, selon le Talmud, la

charité la plus haute est celle qui s'exerce envers les morts, car elle n'a plus de reconnaissance à espérer.

Suzanne Sordet, se dévoue à ses maîtres dans l'infortune pendant trente années , et réclame après leur mort, pour solde de ses gages arriérés, le droit de considérer comme siens les quatre orphelins qu'ils laissent et de guider leurs pas dans le chemin du devoir; la récompense que l'Académie lui décerne paye une dette sociale; elle n'ajoutera rien au respect dont Suzanne Sordet est entourée.

L'Académie accorde quatre médailles de 1000 francs à ces femmes au déclin de l'âge et elle en donne une de 500 francs.

A Mlle Églantine Rouanet, à Anglès, département du Tarn, la providence de nos montagnes, disent les témoins émus de sa vie : indigents assistés, infirmes secourus, malades soignés, malheureux consolés, tel est le bilan de l'existence d'une digne émule de Mlle Milcent, qui passe la moitié de ses jours à travailler pour les besoins des pauvres et l'autre moitié à panser leurs plaies physiques ou morales.

Il faut se borner, et, quels que soient les mérites de neuf femmes respectables que l'Académie a jugées dignes de la même récompense, le temps ne nous permet pas de les exposer en détail; ce sont :

Marie-Élise Poulain, à Villers-sous-Chalamont, département du Doubs ; Thérèse Barthe, à Cahors, département du Lot; Perrine Avril, à Saint-Lô, département de la Manche: Perrine-Françoise Pouays, à Caro, département du Mor-

bihan; Louise-Marie Tilly, à Pommerit-Jaudy, département
des Côtes-du-Nord; Rose-Anne Lebon, à Plessala, département des Côtes-du-Nord; Jeanne Canouet, à Valence,
Tarn-et-Garonne; Vᵛᵉ Moisan, à Rennes, Ille-et-Vilaine;
Catherine Léon, à Nice, département des Alpes-Maritimes.

Tous ces prix sont décernés à des femmes! Les femmes
seules auraient-elles le privilége du sacrifice et de la charité? On pourrait le croire en écoutant ces récits qui ne
signalent à votre émotion que d'obscures héroïnes, comme
si les hommes ne pouvaient rivaliser avec elles et que
notre cœur fut incapable de ces dévouements chaleu-
reux et tenaces où semble toujours reparaître quelque
réminiscence du sentiment maternel?

Il suffit, pour nous réhabiliter cependant, de raconter
la vie d'Annet Moulinier. A neuf ans, il entre en service
comme pâtre; mais ses gages sont réservés pour ses parents
dans la misère. A vingt ans, il devient soldat. Son capitaine
l'ayant pris pour ordonnance, il s'attache à lui, le suit
lorsqu'arrive l'âge de la retraite, et pendant vingt-deux ans,
par son travail, ses économies et ses soins, il améliore la
situation précaire du vieil officier. Après la mort de celui
qu'il appelait son maître, vous croyez qu'il se considère
comme libéré? Non! Il cherche un emploi, mais c'est pour
en mettre le produit à la disposition de sa maîtresse, devenue veuve, et à celle de ses enfants. Cette vie de sacrifice à laquelle l'Académie accorde une médaille de
5oo francs, dure depuis trente et un ans; tous l'admirent;
celui qui en donne l'exemple semble seul en ignorer les
mérites; elle eût été digne de vous être racontée par votre

secrétaire perpétuel qui en connaît tous les détails, dont le témoignage a entraîné le vote de l'Académie et dont le récit sympathique eût provoqué des applaudissements qu'une reproduction affaiblie ne justifie plus.

Louis Schuller, auquel la même médaille est décernée, né à Brumatt (Haut-Rhin), vient à son tour rendre témoignage en faveur des hommes; entré, il y a trente ans, comme garçon cordonnier dans un atelier, à Sézanne, département de la Marne, il se montre laborieux, intelligent, honnête et se dévoue de cœur aux intérêts de la maison. Cependant le fils de son patron vient à mourir, laissant sept enfants, et la gêne entre dans la famille; Louis redouble d'activité : le premier à la besogne et le dernier, il soutient par son courage ces infortunés que menace la misère. L'année 1870 arrive, l'invasion avec elle, le travail cesse et toutes les ressources manquent à la fois : « Je ne peux te garder plus longtemps, lui dit son patron; laisse-nous, tu trouveras ailleurs un sort moins misérable! — Je reste, » répond Louis. Et depuis lors, rien n'égale son dévouement. La vieille patronne est frappée de paralysie ; il se fait infirmier ; le vieux chef de la maison ne peut plus travailler, il travaille pour deux, pour trois, pour dix. La besogne manque quelquefois et le pain aussi, Louis accepte tout et n'entend pas qu'on puisse le séparer de ses maîtres appauvris. « Ah! » dit-il, dans son naïf langage, « s'ils faisaient un héritage, on verrait voir ! »

La toute-puissance que le poëte nous attribue, n'exclut donc pas cet amour du sacrifice dont le sexe faible aime à réclamer le privilège. Au moment où les femmes aspirent aux grades universitaires, au doctorat en médecine et bientôt à la licence en droit, il n'est peut-être pas inutile de constater, qu'à leur tour, les hommes peuvent rivaliser avec elles dans les tendres soins et les longs dévouements de la charité la plus touchante.

A entendre les désignations locales qui accompagnent les noms des personnes que l'Académie récompense, elle semble avoir réservé toutes ses médailles pour les départements, comme si elle n'avait rencontré à Paris aucune de ces humbles vertus, dont la province aurait conservé le monopole. Mais on trouve de tout à Paris, non-seulement de bons maîtres, mais aussi de bons serviteurs; non-seulement en haut comme en bas, des âmes faciles à émouvoir et prêtes à répondre à tous les appels de la bienfaisance, mais aussi des cœurs ouverts à la charité et passionnés pour les épreuves sérieuses qu'elle commande.

Marie Sauvade, à Montrouge-Paris, s'est dévouée à ses maîtres, vieux et infirmes, dont elle ne reçoit rien et à qui elle a donné tout ce qu'elle avait et tout ce qu'elle pouvait gagner. Après les avoir soutenus pendant la guerre, elle a soigné le mari qu'une longue maladie conduisait au tombeau, et elle continue auprès de sa maîtresse ce long sacrifice de ses intérêts et de sa santé, compromise par un travail exagéré et par les privations. En province, on ne fait pas mieux. L'Académie lui accorde une médaille de 5oo francs.

Claudine Ray, rue Quincampoix, entre il y a près de vingt ans chez des maîtres, autrefois opulents, que la fortune abandonne bientôt. Au bout de six mois, ne pouvant plus lui payer ses gages, ils lui rendent sa liberté qu'elle n'accepte pas. La misère arrive, elle soutient par son travail ces infortunés que la guerre surprend à Saint-Cloud. Ils rentrent à Paris et Claudine reste à la garde du pauvre mobilier qu'elle défend pied à pied, après le combat de Montretout, contre l'incendie, qui va le dévorer, et s'éloigne à regret enfin, emportant les souvenirs chers et les dieux pénates. Cependant le mari meurt, la maîtresse septuagénaire et presque aveugle ne peut plus rien pour elle-même. Claudine, dont les travaux de couture ne suffisent plus à des besoins chaque jour croissants, obtient alors une place d'ouvreuse au théâtre de l'Ambigu. Ses journées et ses soirées sont consacrées à réunir les ressources nécessaires à l'existence de l'infortunée veuve. Les personnes qui viennent demander au spectacle quelques heures de délassement ne se doutent pas que la pièce de monnaie glissée avec indifférence dans la main de cette ouvreuse y est reçue avec émotion comme une offrande bénie et n'en sort que pour servir d'instrument à la plus ardente charité. L'Académie ajoute une médaille de 5oo francs aux modestes revenus de cette digne femme.

Le prix Souriau de 1,ooo francs est accordé à Marie-Jeanne Tentou de Sengouagnet, département de la Haute-Garonne.

La fondation Marie Lasne a été partagée entre sept personnes : Eugénie Bourget de Nantes, Louise Rousset de Châtillon-sur-Loire, Florine Duponchelle de Roubaix, Célina Denis de Limoges, Marie Gallier de Liré en Maine-et-

Loire, veuve Roquier de Villefranche-sur-Mer, département des Alpes-Maritimes, qui recevront chacune une médaille de 3oo francs, et Marie Pimont de Tulle, département de la Corrèze, qui reçoit un encouragement de 1oo francs.

L'Académie, ayant à décerner pour la première fois le prix Laussat de 35o francs, l'attribue à Louis Valentin de Cutry, département de l'Aisne.

La fondation Gémond met à la disposition de l'Académie une somme annuelle de 1,ooo francs, pour un prix destiné à récompenser des actes de courage, de dévouement et de sauvetage. Il est décerné à Michel Rastel, patron de douane à Saint-Marc, embouchure de la Loire, dont la vie est pleine de témoignages de force d'âme et de dévouement. En 1858, à bord du *Suffren*, une pièce éclate; c'est un événement qui n'est pas assez rare malheureusement et qui fait toujours des victimes nombreuses, à cause de l'entassement inévitable des servants dans la batterie. Douze morts tombent sur cet étroit espace et vingt-quatre blessés, brûlés et aveuglés par les flammes, asphyxiés par les gaz délétères, déchirés par les éclats du métal, font entendre leurs gémissements. Au même moment quatre pièces partent à la fois et l'équipage, convaincu que la soute aux poudres a pris feu, commence à sauter par les sabords. Placé au porte-voix, Rastel, gardant son sang-froid, au milieu de ce trouble, arrête la panique ; les secours s'organisent et le service rentre dans l'ordre.

Chargé du commandement d'un canot de sauvetage,

neuf grandes expéditions, effectuées dans les conditions les plus dramatiques et les plus périlleuses, lui valent la croix de la Légion d'honneur ; vingt-neuf naufragés lui doivent la vie. La belle nature de cet homme énergique se manifestait naguère dans la baie de Pouliguen. Le canot qu'il dirigeait vers un bâtiment en détresse chavire et se brise sur les rochers, roulé par des vagues énormes. Pendant une heure, au milieu de la tempête, Rastel, la poitrine meurtrie et vomissant le sang, donne aux canotiers l'exemple du sang-froid ; luttant contre les vagues qui les portent vers les écueils, il veille sur eux jusqu'à leur arrivée à terre où il prend enfin pied le dernier, certain qu'il n'abandonne aucun des siens à la fureur des flots.

Après avoir épuisé la liste des récompenses attribuées par l'Académie aux œuvres de charité ou de courage que M. de Montyon et ses émules permettent à l'Académie de délivrer en nombre toujours croissant, complétons par un dernier récit l'ensemble des bonnes et saines actions qui nous ont occupé cette année.

Un humble prêtre, aumônier militaire, entraîné par sa charité vers les patronages ouvriers, se demandait avec tristesse si, malgré les soins éclairés et la large prévoyance de l'Assistance publique, dont on ne proclamera jamais assez haut les bienfaits, la destinée de ces enfants orphelins ou abandonnés qu'on ramasse quelquefois errants au milieu de Paris, n'était pas digne de la plus grande pitié. Jetés par une fortune ennemie sur le chemin du vagabondage, ces infortunés, après avoir vécu de hasard et de ruse, l'âme fermée à toutes les lumières, n'en viennent-ils pas, se disait-il, à s'engager dans la voie de la révolte pour aboutir à celle du crime? N'y a-t-il pas là de grands devoirs à remplir? La politique, la charité, la religion n'ont-elles pas un intérêt égal à recueillir ces jeunes sauvages, à leur ouvrir un asile, à leur rendre une famille, à les doter d'un état, à réveiller leur conscience engourdie et à la diriger vers le bien? Mais où trouver une maison pour un tel asile, des ateliers pour de tels apprentis, des fonds pour une telle entreprise?

C'est en vain que le pauvre abbé agitait ce problème, il n'en voyait pas la solution. Un soir, cependant, vers la fin de l'hiver, il y a douze ans, il aperçut comme une silhouette humaine, à genou, courbée, fouillant le ruisseau et cherchant parmi les immondices. C'était un enfant! Que fais-tu là? — Je cherche à manger! — L'abbé Roussel, à cette réponse émouvante, comprit que la Providence venait de lui marquer sa voie et son devoir.

L'enfant fut recueilli; le lendemain, un second vagabond l'avait rejoint et bien d'autres à la suite. Aujourd'hui, l'abbé Roussel se voit entouré de 250 pupilles; la dépense annuelle de son refuge ne s'élève pas à moins de 150,000 fr., et le nombre des enfants qui se sont initiés dans la maison aux habitudes de la règle et du travail s'élève à 3,000 environ.

En leur ouvrant un asile, l'abbé Roussel se propose d'abord d'arracher à la misère, à la dégradation, au vice, au crime peut-être des infortunés demeurés sans protection par la mort de leurs proches ou par leur abandon. Grand politique, de ces vagabonds qui n'ont ni jour ni lendemain, il veut faire des ouvriers laborieux et rangés. Chrétien, à ces âmes que l'envie et la haine ont déjà visitées, il veut apprendre la résignation en leur montrant que la destinée de l'homme ne s'accomplit pas tout entière en ce monde.

Un asile honnête, un apprentissage efficace, une instruction religieuse attendrie, voilà ce que, parmi les ouvriers, le père de famille le plus prévoyant, la mère la plus respectable souhaiteraient pour leur fils. Voilà ce que l'abbé Roussel prétend assurer aux enfants qu'il adopte.

Le romancier le plus fécond n'imaginerait pas les incidents touchants qui se rencontrent dans l'existence de ces infortunés.

On dit à l'un : « Où demeurais-tu depuis que tu es abandonné? — A la Villette... — Quelle rue, quel numéro? — Sous un hangar ; il y avait une malle à ma taille et tous les soirs j'allais coucher dedans ; la malle ayant disparu... — Tu n'avais plus de chambre à coucher et on t'a ramassé dans la rue ! — Oui, Monsieur. »

Un père se présente ; il est imposant ; son fils a été recueilli au refuge ; comment supporter cette humiliation ? Il faut qu'on le lui rende ; il le réclame avec hauteur d'abord, puis, s'attendrissant à ses propres paroles, il le demande avec des larmes dans la voix : « Vous allez voir, » dit-il, « comme il reconnaîtra son père ! » L'enfant le reconnaît trop bien, hélas ! et s'en éloigne aussitôt avec terreur. « Il me laisse mourir de faim ; il m'a abandonné deux fois ; je ne veux plus aller avec lui, » s'écrie le petit malheureux. Cependant, la loi lui en donnant le droit, ce tendre père reprend son fils qu'on recueillait quelques mois après, en province, sur le pavé, heureux de rentrer au refuge.

Une courageuse jeune fille amène son frère. Ses parents

mènent une vie détestable. Elle trouve l'occasion de les
fuir, en se plaçant en apprentissage ; elle veut soustraire
à la contagion du mal le petit éploré qui l'accompagne.
Mais l'enfant est mineur ; il n'est ni vagabond ni abandonné, et sa sœur ne veut pas déclarer le nom de leur
père ; difficulté qui se présente souvent et qui se résout
presque toujours sans peine, les parents ne s'inquiétant
pas, en ce cas, de leurs enfants disparus.

Les magistrats connaissent bien cet instinct de pudeur
qui ferme la bouche de l'enfant abandonné au moment où
on lui demande de signaler son père comme dénaturé ou
sa mère comme indigne. Avec quels soins et quels ména-
gements ils essayent de reconstituer le passé et de préparer
l'avenir de ces malheureux arrêtés comme vagabonds !
Livrés au Parquet, ils seraient envoyés devant le tribunal
et mis en correction. « Épargnez-moi ce triste devoir, » s'é-
crie un juge d'instruction, en s'adressant à l'abbé Roussel :
« ce jour-là l'œuvre de justice me semblerait œuvre d'ini-
quité ! » Le refuge répond sans retard à de tels appels ; l'enfant quitte le dépôt ; il est conduit à sa nouvelle demeure,
non par deux gendarmes comme un délinquant sous la main
de la force publique, mais par deux agents en bourgeois,
comme un enfant que des amis conduiraient à la promenade. Tel qui, dans le premier cas, marcherait la rougeur
au front, baissant les yeux, sous les regards déplaisants
des passants, traverse les rues, au contraire, la tête levée,
le regard clair, s'abandonnant avec confiance aux mains
d'une destinée adoucie.

L'Académie, pendant le mois de mai, sur le rapport ému
de l'un de ses membres les plus autorisés, décernait un

prix Montyon de 2,5oo francs à M. l'abbé Roussel. Le refuge d'Auteuil était ignoré alors, ses bienfaits n'étaient appréciés que d'un petit nombre de personnes associées à l'OEuvre ; ses besoins n'étaient pas soupçonnés. L'approbation unanime de l'Académie, préludant aux manifestations de la sympathie publique, n'eût pas suffi pour mettre en mouvement la souscription féconde dont un journal familier avec de tels actes a pris l'heureuse initiative. L'asile d'Auteuil, doublement consacré par l'autorité morale qui s'attache aux décisions de la compagnie et par le pieux empressement des âmes bienfaisantes dont le concours empressé a réuni en quelques jours près d'un demi-million, voit s'ouvrir devant lui une ère nouvelle de sécurité. Le temps ne lui manquera plus pour montrer comment la charité de son fondateur, la libéralité de ses généreux souscripteurs, l'esprit d'ordre et la prévoyance d'un conseil de patronage prudent et compétent, peuvent faire de l'Institution d'Auteuil un modèle et consolider un succès qui a tous les vœux de l'Académie.

Ainsi, de toutes parts et dans tous les rangs, éclate en ce pays si calomnié, non cette charité bruyante, exclusive et mensongère derrière laquelle se cachent si souvent l'égoïsme, la vanité et les passions politiques, mais cette large charité discrète, désintéressée, propageant la concorde, la seule vraie, qui nous porte à voir notre prochain partout et à souffrir de toutes ses douleurs. Le malade secouru, le vieillard assuré d'un appui, l'orphelin doté d'une tutelle, les heureux du siècle apportant leur superflu au foyer de l'indigent et le pauvre lui-même se dévouant au riche tombé dans le malheur ; voilà l'œuvre de cette universelle charité qui porte toujours notre nation vers la défense des faibles, vers la protection des délaissés.

Noble et chère France, comme il faut t'aimer, comme on voudrait la servir, quand on constate dans ces concours, chaque année, la facile largesse, le courage réfléchi, l'héroïsme soudain, le patient dévouement et la bonté native de ses enfants !

Paris. — Typographie de Firmin-Didot et Cⁱᵉ, rue Jacob, 56. — 7170

9 782329 732572